La main de Saint

Jeanne Schultz

Alpha Editions

This edition published in 2024

ISBN : 9789366380322

Design and Setting By
Alpha Editions
www.alphaedis.com
Email - info@alphaedis.com

As per information held with us this book is in Public Domain.
This book is a reproduction of an important historical work. Alpha Editions uses the best technology to reproduce historical work in the same manner it was first published to preserve its original nature. Any marks or number seen are left intentionally to preserve its true form.

Contents

LA MAIN DE SAINTE MODESTINE .... - 1 -
LES RAMEAUX DE FRANÇOIS .... - 17 -
BONNETS DE COTON .... - 26 -
ENTRÉE DANS LE MONDE .... - 37 -
PETITE PLAGE .... - 43 -
LE CHEVAL DU MARECHAL .... - 50 -
CHASSE AUX ALOUETTES .... - 62 -
ENTREVUE .... - 79 -
AUX LUMIÈRES .... - 85 -
LE TIROIR .... - 100 -

LA MAIN DE SAINTE MODESTINE

TRÈS blanche à travers le cristal et les ciselures d'or du reliquaire qui l'enfermait, elle semblait presque une main vivante cette main de sainte. Une main de femme, puissante et douce, demeurée là pour diriger et apaiser. Aussi, à la vénération des fidèles se mêlait-il un grand orgueil, pour la beauté de ces doigts pâles, allongés sur le velours fané.

Qu'il y eût miracle pur dans cette conservation merveilleuse, ou travail habile de quelque savant de l'époque, les uns croyaient ceci, les autres affirmaient cela; mais tous ressentaient également le charme de cette grâce pénétrante, autant humaine que religieuse; et il y avait de l'adoration dans les prières murmurées autour de la châsse. De l'adoration, non point pour la sainte, pour sa vie, sa mort, ses vertus et tout ce que l'Église honorait en elle—ou peut-être pour cela encore,—mais premièrement pour sa main, ce gage intact et mystérieux, demeuré d'elle, visiblement, quand tout le reste en avait péri.

Il ne stationnait pas là constamment de ces foules oppressantes qui entourent à Paris certains autels. Douloureuses, serrées, renouvelées par flots, dont la masse et l'anxiété emplissent le cœur d'angoisse, si, avant de prier, on songe à les regarder un instant.

Comment choisir dans ces misères?

Comment mesurer ces souffrances?

Devant tant de bonheurs sollicités, l'impossibilité du bonheur à obtenir se fait plus nette. On se condamne presque soi-même. Combien de plus malheureux là, sans doute, que le malheureux qu'on est. Et de cette horde suppliante, une impression s'emporte, philosophique, mais ni encourageante, ni consolante.

Pas tant de cierges non plus, placés près ou loin du bon Dieu, selon leur prix et selon leur poids, brûlant dans leur lueur d'incendie; confondus, inachevés; enlevés avant leur fin, pour être plus vite remplacés.

Aux heures campagnardes où le travail s'arrête, des femmes entraient, s'agenouillaient, disaient leur lente prière. Et, assises ensuite, immobiles, demeuraient là, dans le silence pensif et familier d'une habitude journalière.

Les grains de leur rosaire aux doigts, les grains de leurs soucis dans l'esprit, les deux chapelets tournaient ensemble. Et peu à peu l'apaisement se faisait, et l'angoisse sortait des cœurs: soit qu'une inspiration divine apportât tout d'un coup à un mal le remède longtemps cherché; soit que dans l'être calmé, chaque chose reprît sa valeur et sa place; soit enfin que la Main sacrée, en insuffisance de tout autre bien dont elle pût disposer, répandît en onctions mystiques, dans les âmes affligées, les dernières douceurs des malheureux: l'espoir ou la résignation.

Les jeunes femmes, plus promptes, et les jeunes filles, plus mystérieuses, amenaient, quand elles entraient, l'involontaire atmosphère de leur âge et de leur charme.

Les pas sonnaient légers et vifs. Les voix n'étaient jamais si basses.

Elles demandaient des choses douces, et les demandaient en souriant. Puis, la châsse fleurie de primevères, d'églantines ou de chèvrefeuille, elles s'en allaient, gardant aux doigts un brin de la branche offerte, et le silence retombait jusqu'à la sortie de l'école.

Alors, c'était une autre affaire, et les enfants arrivaient. Claquant les portes, claquant les pieds, leurs sabots sonnant sur les dalles, ravis de ce grand tapage, que les pierres de la voûte doublaient.

Ils montaient toute l'église, chapeaux ou casquettes à la main, se poussaient, se taquinaient, et étouffaient très mal leur rire, quand une farce réussissait. Mais, serrés devant la châsse, ils redevenaient sages tout à coup, émerveillés comme au premier jour par le prodige.

—Si on allait voir la Main, avait proposé l'un d'eux, à l'heure de la récréation?

—On ira, répondait le chœur.

Et on y allait, comme à une partie. Sans grande gêne dans la maison du bon Dieu, qui participait, à l'avis des petits, de la maison de M. le curé et de la promenade, plantée d'ormes, située devant. Un peu plus grave, un peu plus fermée que les deux autres, mais familière et populaire comme elles.

Puis, voici que tous entrés dans la chapelle de Sainte-Modestine, une émotion les saisissait, douce et brusque.

Il leur semblait entendre la meilleure ou la plus directe parole qui leur eût remué le cœur, chacun une fois quelconque, le jour où l'on avait trouvé pour eux le mot qui touche.

Ils pensaient à leurs sottises, à ce qu'ils auraient pu faire de mieux, avec ce désir de bien et d'activité, ce trouble généreux qui envahit parfois l'individu, au contact des bonnes et belles choses, comme pour lui montrer de quoi il est capable.

Tout cela, sans grande compréhension de ce qui se passait en eux; sans manifestations ni paroles surtout; priant des yeux, plus que par les lèvres, avec les éléments même de la foi, réunis dans leurs cœurs simples.

L'ingénuité, l'amour, un peu de crainte. Le frisson et le charme profond du mystère.

Ce qui ne signifiait pas que, sortis du lieu révéré, ils ne redevinssent pas des polissons accomplis. Débraillés, querelleurs, ardents à la maraude des pommes; âpres dans les contestations au jeu de billes.—Et il eût été trop beau en vérité que, par le prestige d'une relique, tout un village dépouillât les passions humaines;—mais emportant au dedans d'eux, tout de même, ce quelque chose, laissé par l'émotion de l'idéal, une fois senti; qu'il soit poétique, religieux ou héroïque.

On pense si les villages voisins jalousaient un tel privilège, et si l'église de Panazol et sa Main avaient soulevé des colères.

On l'enviait bassement, vilainement, avec toutes les petitesses et les lâchetés de gens qui ne peuvent se résigner à reconnaître la grandeur d'un bien qu'ils ne posséderont jamais.

Enragés dans leur jalousie, ils niaient à la Main sa beauté, sa vertu et jusqu'à son ancienneté; racontant comment, la relique séchée et flétrie, on s'en allait dans une grande ville, bien au delà de Limoges, s'en procurer quelque autre analogue. Donnant des preuves, citant des faits. Insolents et hâbleurs comme l'homme en bonne santé qui rit du médecin et de ses poudres, jusqu'à l'heure où il tombe malade et appelle à grands cris le guérisseur et le remède.

Il en était ainsi d'ailleurs, dès qu'un malheur ou une menace troublaient un de ces argumentateurs venimeux.

Alors on le voyait arriver aux heures matinales ou tardives. Demi-rageur, demi-croyant. Furieux d'être là; plein d'espoir et d'ardeur pourtant. Et ce n'étaient pas les moindres triomphes de la Main que la venue de ces pécheurs révoltés, agenouillés contre leur propre gré, cachés sous le capuchon d'une mante, ou dans l'ombre d'une fin de jour.

Mais elle n'aimait pas ces subterfuges, et entendait qu'on la priât, bellement et franchement, de la même façon qu'elle s'offrait à l'adoration des fidèles, et toujours quelque circonstance imprévue dénonçait la supercherie.—Du moins, les demandeurs honteux expliquaient-ils de cette façon leur trouble naturel, et les accidents qui s'ensuivaient.

Le capuchon se rabattait sous un souffle de vent, entré par un vitrail cassé, ou quelqu'un venait faire un vœu et mettait son cierge à l'autel. Et il ne restait à l'étranger, déconcerté dans sa ruse, qu'à baisser plus fort son visage, ainsi découvert par la Sainte, en s'humiliant dans le repentir.

Une grande dame, d'un temps fort ancien, punie plus rudement qu'aucun autre, restait légendaire sur ce point.

Elle voulait avoir les yeux «vairs» afin de passer pour plus belle; et sous l'habit d'une religieuse, la corde au cou et les pieds nus, s'en vint faire un vœu à la châsse avec des promesses magnifiques. Et quand elle se leva, elle était aveugle et fut forcée d'appeler au secours la charité de ses voisins, pour se faire conduire par les mains dans son château, qu'elle dut nommer.

Le clergé soutint constamment que c'était la nature de la demande que la Sainte avait repoussée. Le peuple, que c'était la tromperie et le mensonge de l'habit d'emprunt.

Pour la dame, elle se repentit, redemanda simplement ses yeux; ce qu'elle obtint en plusieurs semaines, à grandes difficultés.

Quoi qu'il en fût, d'autrefois et d'aujourd'hui, de la légende incertaine et des miracles avérés, la prieuse la plus assidue, à l'heure où commence cette histoire, était une belle fille du village. Jeune, alerte, au corps élégant fait pour le mouvement et la vie, à l'esprit et l'humeur enjoués, aussi peu propre, semblait-il, à rester là, sans bouger, près des vieilles femmes, dévotes plus ordinaires, que ces vieilles à courir les champs.

Mais, pour qui savait le vrai des choses, Catheline n'avait plus alors, de sa jeunesse, de son insouciance et si l'on peut ajouter même, de sa beauté, que la forme extérieure; ayant perdu ce qui en fait l'élasticité et le charme, c'est-à-dire le bonheur.

Son amoureux l'avait quittée, comme quittent les amoureux, parce qu'ils aiment un peu moins, ou aiment davantage ailleurs. Sans une raison qu'il pût dire, sans un tort à lui reprocher; oubliant tout le passé, avec la férocité égoïste des sentiments qui se modifient et se considèrent uniquement dans leur nouvelle évolution.

Jamais elle ne s'était crue si aimée. Jamais il ne le lui avait si bien dit, de sorte qu'elle était réellement tombée un jour, du matin au soir, du bonheur dans la passion, à l'affreux abandon du cœur, perdant l'être chéri aussi complètement que s'il lui eût été enlevé par la mort. Ceci après trois ans de ce qui lie le plus fortement deux êtres dans l'amour. Avec un passé plein, déjà, du charme et du poids des souvenirs, cette richesse qui semble une force, et qui ne fait que préparer ce qui sera des débris. Un présent aux joies si intenses qu'on souhaite de l'immobiliser. Un avenir qui séduit pourtant, puisque chaque découverte, jusque-là, a été, à son tour, meilleure qu'on n'aurait osé croire.

Une obligation de mystère et de prudence, causée par certaines raisons qui s'opposaient à leur mariage, les attachait encore tous les deux par leur commun secret.

Ça semblait beaucoup tout cela, et ce n'était rien du tout; puisqu'il suffisait d'un caprice pour que le bonheur prît fin.

Qu'est-ce que c'est qu'une promesse quand on ne veut pas la tenir? Ce n'est plus qu'un mot comme un autre.

Avec son instinct de femme aimante, Catheline avait bien senti depuis longtemps, et dès l'arrivée de cette Margot au village, le danger de cette grosse fille aux superbes cheveux noirs, à la peau éclatante, à la hardiesse tenace et douce, qui voulait lui prendre son ami, et dont la volonté paisible se glissait dans tous les coins de ce caractère, de ces habitudes, et peut-être de ce cœur d'homme, comme de l'huile dans des rouages.

Mais il l'avait détrompée si bien.

—Eh bien oui! j'aime sa bonne humeur, sa causerie, sa gentillesse. C'est une amie. Mais «comme ça». Il n'y a que toi que j'aime comme ça, tu le sais bien.

«Comme ça», expliqué si doucement que Catheline ne songeait plus qu'à son amour et à son Séverin.

Ou bien il se fâchait, se plaignait de son exigence, criait bien haut et bien fort, les jours où il avait eu vraiment tort:

—Alors, je ne vais plus maintenant avoir le droit de parler aux femmes? Je ne peux plus les aborder?... Et si je m'approche d'une d'elles, puis-je le faire d'une autre façon que câlinement ou gentiment? C'est dans mes doigts et dans mes yeux, et c'est ça que tu aimes en moi.

Ou bien il arguait de la prudence et de la raison.

—Veux-tu donc que je t'affiche? Ni ta mère ni la mienne n'ont dit oui jusqu'à présent pour le mariage que nous voulons.

«Si je ne vais jamais qu'à toi, c'est mettre ton nom avec le mien dans toutes les bouches du village.

«Laisse au contraire, qu'en apparence, je m'occupe de toutes les filles, que je les amuse et les courtise, et à toi seule, dans le secret, je parlerai comme à personne.»

A quoi elle répondait avec la simplicité de sa grande tendresse:

—Fais comme tu veux si tu dis vrai. Mais cet amour-là, c'est toute ma vie; penses-y seulement, Séverin.

Ce qui n'avait pas mené Séverin fort loin dans ses réflexions, s'il y avait pensé, en effet, puisqu'on avait appris un jour que la Margot venait de se louer pour vendanger en Bordelais, et que le garçon la suivait.

Ses tentatives d'explications, incompréhensibles et nerveuses, n'avaient pas préparé Catheline au coup qu'elle recevait.

«Il fallait, pendant un temps, modifier toute leur manière d'être.—Séverin avait pour cela ses graves raisons.—Elle saurait pourquoi par la suite... Les choses s'éclairciraient un jour... Mais, en devenant moins apparente, la tendresse de son ami ne lui manquerait pas pour cela, et se ferait, au contraire, avec ce changement de forme, plus exquise et plus douce encore...»

Et puis, il était parti.

Tout d'abord, Catheline, assommée, n'avait rien senti que le tourment presque physique d'un malheur que l'instinct éprouve avant que l'intelligence l'ait mesuré.

La souffrance n'est pas chose d'un jour. C'est peu d'avoir senti, une heure, la douleur à laquelle on ne doit pas s'accoutumer. Sa répétition, sa constance, le dessèchement qu'elle met dans l'être, la font seuls vraiment comprendre avec les mois écoulés. Et quand le mal n'étant pas franc, mérité ou justifiable, le sentiment de la révolte, ou l'amertume, excitent encore la peine sentie, le Temps et ses moyens immuables n'ont pas d'action pour l'apaiser.

Par bonheur, la pauvre fille n'en était pas là encore, et pouvait tout espérer de son action bienfaisante, ne l'ayant pas encore trouvé sans vertu.

D'abord, elle cacha sa détresse dans l'isolement et le silence, ayant horreur de voir des êtres.

Puis elle se mit à sortir beaucoup, s'usant de travail, de grandes marches; allant droit aux gens qu'elle croisait et fixant âprement les regards. Non par peur de l'ironie, de la curiosité ou de la pitié. Pour voir ce que l'on savait seulement, et si son malheur était assez vrai pour qu'elle en retrouvât la certitude, même dans ces yeux d'indifférents.

Or, sans connaître dans ses détails l'amour de Catheline et de Séverin, on était instruit bien assez pour juger: qu'ils s'étaient aimés; qu'ils se l'étaient dit et prouvé. Puis que le gars s'était lassé et que la fille restait à pleurer.

Il n'y a que soi qui, dans son malheur, trouve les nuances et les raffinements qui le font unique et spécial. Les autres n'y voient que les grandes lignes.

Amour. Tromperie. Désespoir. C'est bien ordinaire et connu. Et chacun, selon son humeur, manifestait cette philosophique opinion, à la pauvre créature, par un sourire, un ricanement ou un soupir.

«La Catheline est bien trop fière, disait-on encore autour d'elle, pour pleurer longtemps comme ça.»

En quoi on s'était trompé, et comme les autres, Catheline, qui se croyait aussi pareille force, et ne l'avait pas trouvée, malgré sa plus hautaine volonté.

Il y a, dans le caractère, une foule de traits constants sur lesquels on peut s'appuyer, qui vous soutiennent, qu'on retrouve dans des chocs et des peines ordinaires, et qui s'abolissent totalement devant cette épreuve spéciale; de sorte que c'est la seule en face de laquelle on ne puisse plus compter sur soi, ni raisonner, ni agir comme on en avait l'habitude.

La triste amoureuse l'ignorait, ayant appris ses sensations une à une jusque-là, à mesure qu'on les lui enseignait, et ayant débuté par les plus douces. Mais elle l'éprouva amèrement, arrivée à la troisième évolution de sa peine, quand elle tenta de se révolter.

Souffre-t-on tant pour un tel homme? Tout s'oublie en s'y appliquant.

«Quoi! on se consolerait de tout malheur, et celui-ci serait sans ressources?...»

Et Catheline se remémorait les grands chagrins, les pires douleurs qu'elle avait vus fondre autour d'elle, sur tous ceux qu'elle connaissait, et la vive attache que ces gens gardaient pourtant à l'existence, au milieu de leurs larmes mêmes. Le bien que certaines paroles leur faisait. La facilité qu'il y avait à réveiller encore leur intérêt ou leur désir. La certitude où l'on était, tout de suite, qu'ils se rattacheraient à quelque chose.

Elle comparait cela à son alanguissement mortel, son détachement et sa misère, sans comprendre que l'égoïsme instinctif qui faisait revivre les autres manquait ici pour la relever. Non qu'elle fût meilleure qu'eux tous. Pour la nature déprimante du mal qui l'obsédait.

L'amour, quand il est assez vrai pour durer, sa joie passée, porte en lui toutes les raisons d'une souffrance insupportable. Indifférence aux gens, aux choses, au lendemain. Et qui, *réellement*, n'attend plus rien du lendemain, est bien à plaindre.

De l'amour, seul l'amour consolerait, et un cœur, resté fidèle, en est gardé malgré lui-même.

Dilemme sentimental et complications psychologiques bien fermés à la pauvre Catheline qui se borna humainement à prouver leur vérité.

Ni ses plus fortes résolutions, ni le sentiment de l'outrage reçu, ni ses raisonnements surtout, ne la conduisirent, en effet, à la paix ni à l'oubli.

Après quoi, ses divers essais ayant échoué, elle se remit à pleurer. Dans une crise de jeunesse où son corps et son cœur appelaient ensemble l'ami absent. La douceur de ses mots, la caresse de sa main.

Ce fut de cet instant que data l'assiduité de la jeune fille au sanctuaire miraculeux.

Fort peu dévote jusque-là, ce qu'elle y chercha d'abord fut ce que demande plus d'une femme à la chapelle où elle s'agenouille: le droit de pleurer en liberté; de murmurer tout bas la peine qu'il lui est interdit de laisser voir, dans cette paix matérielle et silencieuse que l'église offre aux affligés; avec la conscience qu'une puissance est là, invisible, mais immense, qui pourrait, si elle voulait, tout faire arriver sur terre.

La mesure de ce qu'on peut lui avouer, de ce qu'on ose solliciter, restait indécis pour Catheline.

Des biens purement temporels, des biens de l'amour surtout, peut-on parler en pareil lieu?

La guérison du cœur est-elle de celles qui se demandent, comme les guérisons obtenues des douleurs de la chair, dont les traces et la reconnaissance s'étalaient partout devant elle?

Béquilles, cannes, appareils torturants: plaques laudatives avec leurs dates.

Cette infirmité atroce, dont la misère est dans l'être, relevait-elle du démon, ou du ciel, malgré tout, pourtant?

Confusément, elle se consultait là-dessus, sans rien formuler de ses pensées, sans prier encore, proprement; mais prise au charme très puissant de cette atmosphère spéciale, qui la ramenait chaque jour.

Peu à peu, laissant sa place d'ombre, elle s'était rapprochée de l'autel; toujours sans oser parler, ne trouvant pas les mots qu'il fallait, pour dire là-haut, aux êtres purs, dans le Paradis: «J'aime Séverin, rendez-le-moi!»

Seulement à force de rester là, tout près, sans rien faire que regarder, elle connut si bien la Main dans le moindre de ses détails, que sa matérialité et ce qu'elle gardait de si réel, lui demeura seul sensible, et qu'un soir, comme le soleil en se couchant, après avoir empourpré tout le ciel, venait roser jusqu'aux doigts fins dans leur prison de cristal, la bouche de Catheline s'ouvrit.

«Vous qui avez vécu, commença-t-elle,—le lien le plus direct, et la beauté la plus émouvante de la religion jaillissant de la simplicité de son cœur,—vous qui avez vécu, secourez-moi!»

Et, ces mots trouvés, désormais sa peine s'épancha journellement.

—Vous qui avez vécu; c'est-à-dire vous qui avez connu et senti les choses humaines, les mêmes que je sens aujourd'hui. Vous qui avez été jeune; qui avez pu éprouver la détresse de l'isolement. Vous qui savez ce que c'est que de pleurer, non pour des lames à sept glaives et des peines surterrestres, avec des yeux de femme qui pleure. Qui avez connu peut-être faute ou faiblesse. Qui avez vécu enfin...

C'était bien vraiment l'amie assez prudente, assez instruite, assez pitoyable que ne rencontre jamais une femme pour épancher pareil chagrin.

Sans espoir d'aucune sorte, Catheline demandait l'oubli seulement. Et elle pensait avec une joie violente à cette paix reconquise, que sa volonté sans puissance n'avait pas su faire en elle, et qu'un secours supérieur allait lui apporter tout d'un coup; à sa vie qui pourrait reprendre, à cet ensorcellement, qui lui paraîtrait surprenant, le charme rompu.

De temps en temps, pour mesurer le progrès fait, elle évoquait volontairement l'image de Margot près de Séverin, espérant que les grandes vagues qui lui montaient alors du cœur à la tête n'étaient plus que de la colère.

Elle se figurait le beau garçon, soudain revenu, l'abordant, lui parlant, et sa voix sans puissance sur elle, sonnant à son oreille comme une autre. Plus rien de ce sursaut inouï que son sourire provoquait en elle: la délivrance.

Dans l'engourdissement de la prière et de l'immobilité, elle croyait cela fait vraiment.

Mais, à la sortie de l'église, un jet de lumière la frappait; les cris d'oiseaux, qui passaient vite, la réveillaient de ce sommeil, et la moindre silhouette familière d'arbre ou de coin de haie fleurie, où ils s'étaient assis jadis, la rejetait frémissante dans sa souffrance.

C'est pourquoi, si peu qu'elle l'osât, même qu'elle le souhaitât, croyait-elle; impuissante à trouver l'oubli, elle commença des prières pour le retour de l'infidèle. Non pour le reprendre, ni lui parler; ni surtout pour lui pardonner. L'idée seule de cette lâcheté l'indignait. Pour qu'il revînt seulement. Pour qu'il fût loin de la Margot; que le mauvais lien fût rompu.

Sans plus savoir ce que demandait Catheline, qu'on n'avait su, tout à fait au juste, la grandeur de son malheur, un revirement d'opinions se faisait en sa faveur.

On avait ri d'abord de sa vulgaire mésaventure. Les uns par malice simple. Les autres par rancune contentée. Certains parce qu'ils n'étaient pas celui que pleuraient de si beaux yeux.

Mais la simplicité de Catheline, la franchise de sa douleur, son silence, sa dignité, ses larmes inépuisables qu'elle apportait à la Sainte, avec l'abandon de la jeunesse, avaient ramené vers elle les sympathies.

En commençant, on avait tenu pour Séverin, le beau gars, dans sa fonction de galant, laissant l'une pour prendre l'autre.

On le blâmait à présent.

Si c'était si sérieux que ça, c'était déloyal de partir.

Puis, peu à peu, autour de cette prière obstinée, recommencée chaque jour par Catheline, de l'anxiété s'était élevée.

Qu'est-ce que demandait la jeune fille? Le retour de son ami sans doute.

Était-ce une chose espérable?... La Margot était dangereuse. Séverin toujours pris aux pipeaux de qui chatouillait son amour-propre...

Ramener chair d'homme endiablée par une enjôleuse, c'était encore une autre tâche que de délier des jambes, qui ne demandent qu'à courir.

La Sainte pourrait-elle ce miracle?

Et on se remémorait les grâces les plus éclatantes accordées par elle, jadis; comparant, discutant, avec un secret effroi de la voir, ici, par disgrâce, faiblir à son grand renom; en voulant un peu à Catheline de l'exposer à pareil échec.

Mécontent de la rumeur, dont il recueillait quelque bruit, le curé fut au moment d'interdire l'église à la jeune fille. Mais sa tenue modeste et sage déconcertait tous ses moyens, rendait cet affront impossible.

Comment contraindre une femme, non seulement à ne pas prier, mais surtout à ne pas prier pour la chose qui lui emplit tout le cœur, dont elle ne dit mot à personne; qu'on sait seulement qu'elle murmure.

Les jours passaient pourtant. Séverin ne reparaissait pas. Les vendanges étaient bien finies. L'espoir de Catheline diminuait... Qu'avait-elle osé implorer?...

Sa constance ne se démentait pas; mais moins par espoir persistant, que par une sorte de point d'honneur reconnaissant et délicat.

Elle ne voulait pas abandonner la Sainte, parce qu'elle n'en attendait plus rien, après les heures de paix charmante qu'elle lui avait dues.

Or, un soir qu'elle était là, comme elle en avait l'habitude, mais y était restée plus tard qu'elle ne faisait d'ordinaire, la porte de l'église s'ouvrit et retomba bruyamment.

Quelqu'un de peu soigneux entrait. On la tenait, en général, jusqu'à ce qu'elle fût refermée. Puis un pas monta l'allée.

Le corps de Catheline frémit; mais sans qu'elle bougeât de sa place.

Non! elle ne se retournerait pas. Tous les pas d'hommes se ressemblent. Et elle voulait bien montrer—à qui? elle ne savait pas—à son cœur, à son fol espoir, qu'elle ne comptait plus sur rien.

L'inconnu, lent comme un vieillard, parcourut ainsi toute la nef; puis il s'arrêta tout près d'elle, un peu en arrière de son banc; se laissa tomber à genoux, et on n'entendit plus d'autre bruit, que des soupirs de grande angoisse.

Tour à tour, l'homme se taisait, et recommençait à soupirer, comme s'il n'eût pu s'en empêcher, comme si ces soupirs eussent été les battements mêmes de son cœur, perceptibles à distance, par singularité.

Puis les soupirs s'étaient coupés de paroles; et cela faisait quelque chose de si suppliant ce mélange, de si désolé, de si passionné, que la jeune fille s'était levée, voulant s'enfuir.

«Grâce, murmurait la voix. Fais-moi grâce! je me repens...»

Était-ce elle ou la relique que l'on implorait ainsi? Elle ne voulait pas le savoir.

Mais avant que ses pieds tremblants l'eussent supportée debout, l'homme avait franchi d'un bond le dernier de ces pas, si lents à monter tout à l'heure, et ils s'étaient trouvés, face à face, elle et Séverin, leurs yeux rivés les uns aux autres.

Regard, tout de violence d'abord, éclatant chez Catheline d'une fureur indicible; chez l'homme d'une volonté si impérieuse et si ardente que la tendresse y sombrait.

Toute la souffrance des jours derniers bouillonnait follement dans le cœur de la pauvre fille.

Lui! lui! Il était devant elle, et il osait parler comme ça. Il osait prendre sa voix molle, sa voix basse qui tremblait, qui lui avait dit autrefois ses mots d'amour les plus secrets, la voix qu'il prétendait jadis qu'il pouvait voir passer, tout le long du corps de son amie. Et il parlait de repentir.—Le repentir de la soif!...—

Par jets rapides, enfiévrés, ses yeux disaient tout ça, expressivement, comme si sa bouche serrée eût prononcé chaque parole. Et, à mesure que cette douleur et ce reproche entraient ainsi dans le regard de Séverin, son attitude, à lui, se modifiait.

L'audace disparaissait. Il baissait la tête graduellement, revenant au grand repentir qui le faisait gémir tout à l'heure.

Tout bas, pour le double mystère du lieu où il se trouvait, et des mots tendres qu'il murmurait, il tâchait d'attendrir cette amertume si naturelle, et il semblait qu'autour de lui tout fut propice à ce qu'il tentait. Le jour baissant. L'odeur des fleurs, qui mouraient au pied de la châsse. La faible lampe devant l'autel, intime comme une lampe de chez soi. L'atmosphère de miséricorde, d'amour, de merveilles.

—Tant de bonheur encore, Catheline, si tu veux pardonner une fois! Bien plus que je t'ai fait souffrir, je te ferai heureuse maintenant.

«Il n'y a que s'aimer qui compte! Dis, qu'est-ce qui égale ça: joie ou douleur? As-tu trouvé qui le remplace?...

«Et penses-tu, Catheline, que pour toi, comme pour moi, il n'y a que de nous deux au monde, que cette joie peut nous venir?...

«Ah! si tu veux me mal répondre, tiens; sortons. Tout est si doux, tu es si près. Je crois le bonheur revenu.

«Ne dis pas de mots méchants ici...»

Et longtemps, toujours ainsi; toujours plus pressant et plus tendre.

A tout cela, Catheline avait à répondre les choses les plus justes et les plus indiscutables, comme aussi d'autres, plus pitoyables.

Ce fut les secondes qu'elle choisit.

Dans une chambre du presbytère, le curé de Panazol, enfermé depuis plusieurs heures, passait, à quelques jours de là, par des alternatives cruelles.

Il mariait le lendemain Catheline et Séverin, et sans qu'il y eût de la volonté de personne, pour les événements précédents, ce mariage avait pris dans le pays, et au delà, des proportions considérables.

On persistait à y voir une intervention miraculeuse, un des grands bienfaits de la Main, et toute la sympathie méritée par les jeunes gens, mise de côté, on s'apprêtait à les entourer comme des élus privilégiés.

L'église, décorée de branches vertes, ressemblait à un bocage. La place serait jonchée de même, et sur des sollicitations pressantes, le curé avait dû promettre de prononcer, à cette occasion, un panégyrique de la Sainte.

Il y travaillait depuis une semaine, et finissait, par excès de zèle, le dépouillement d'un cartonnier tout rempli de vieux parchemins, se demandant s'il n'y trouverait pas la conclusion de son discours: quand il y avait, bien au contraire, recueilli la révélation, la plus troublante, et la plus inattendue.

Par un écrit fort précis, où la culture spéciale d'une femme lettrée du XIIIe siècle ne laissait place à aucune erreur de langue, et rédigé dévotement, sous la forme d'une confession, il venait de découvrir, avec l'horreur qu'on peut croire, que la relique vénérée comme la main d'une auguste sainte, cette main, prestige de son église, gloire et protection du pays, n'était que la main d'un page indigne, jadis aimé d'une noble dame, et dont la jalousie du mari avait fait brutale justice.

Comment confusion, si monstrueusement sacrilège, avait pu se produire! Il fallait lire la confession dans sa naïveté cynique, mêlée d'humilité et de grandeur, pour le pouvoir concevoir.

Il y était dit en propres termes, par cette comtesse de Rochechouart, qui avait fait don à Panazol de cette singulière relique, et y était honorée, pour ce, comme la bienfaitrice de l'église: qu'il vivait dans son château, aux premiers temps de ses vingt ans, parmi les pages de son service, un jeune homme bien tendre et bien beau, à l'âme si ardente, au cœur si soumis, que l'amour, sans qu'elle sût comment, s'était glissé un jour entre eux.

Le comte, chasseur passionné, courait le loup tout le jour. Le soir, il rentrait harassé et, après avoir bu, dormait.

Et pendant qu'il menait cette vie seigneuriale et violente, la châtelaine, avec son page, assis sur un carreau de soie, à ses pieds, près de ses genoux, lisait les vers des poètes, raisonnait de ce qu'ils disaient, ou chantait des lais amoureux, que le page accompagnait de son luth et de son regard... Jusqu'à ce que la dame, arrêtant la main de l'enfant sur les cordes mélodieuses, la prît entre les siennes, pour jouer à comparer laquelle de ces mains gracieuses l'emportait sur l'autre en: forme, blancheur, petitesse.

Mais quelque soin que prît la comtesse de la finesse de sa peau, de ses ongles d'agate polie, c'était toujours la main du page qui était la plus belle des trois, brillant entre les siennes comme une douce fleur de lys, quand ils les mêlaient ainsi, car il l'avait merveilleuse. Et c'était par cette main charmante, avouait après la noble dame, que l'amour avait dû, subtilement, lui parvenir jusqu'au cœur.

Tout ceci en grande pureté et droiture parce que la dame était sage et forte, le page chevaleresque et respectueux, et qu'il pensait qu'avec ça on pouvait mourir heureux, sans rien demander davantage.

Et ce fut ce qui lui arriva, soit que quelque méchante langue eût parlé trop haut des poètes, du luth et des lais, soit que le comte, tout en courant, devinât de loin les choses.

Un jour, par suprême honneur, il emmena le page à la chasse. Mais quand il revint ce soir-là, au lieu de s'asseoir et de boire pendant qu'on défaisait ses bottes, comme il en avait l'habitude, il monta jusqu'à la salle où sa femme rêvait seule, ayant congédié ses suivantes, et lui lançant quelque chose qui vint tomber contre ses pieds:

«Voilà, madame, lui dit-il, la belle main qui vous est chère. J'ai voulu qu'elle vous restât.»

Quand la pauvre créature, revenue aux sens de la vie, baissa dans un mortel effroi ses yeux qui n'osaient pas regarder, son carreau s'était teint de pourpre et, dessus, la main pâlissait de tout le sang qu'elle perdait.

Un coup la tranchait au poignet, net comme ouvrage de bourreau, et ses ongles effleuraient le luth dont ils jouaient encore le matin.

La comtesse se mit à genoux, prit entre ses doigts cette main, comme elle avait fait trop de fois, et s'en fut dans son oratoire.

Tant que sa vie dura après, elle n'en sortit plus guère, soumise, sans quitter le château, aux plus austères pénitences et à la règle la plus étroite.

Sur l'autel, dans une boîte scellée—cristal et ors ouvrés—la main adroitement embaumée, belle et pure comme durant sa vie, étendait sa forme charmante; et la comtesse, prosternée devant, priait, pleurait, se repentait.

De la chose tragique, nul ne connut jamais rien, hormis le comte et la dame.

Le page, tué par accident, demeura sans sépulture au fond d'un précipice.

A peine si la retraite soudaine adoptée par la triste femme, son ardente piété éclatant, éveillèrent chez quelques-uns l'idée d'un rapprochement possible. Mais il y avait si loin de la préférence la plus vive, des jeux les plus imprudents à un tel dénouement de drame, que personne n'approcha jamais de la réalité arrivée. Et sa vie continua ainsi.

La délivrance vint pourtant, mais rapide et foudroyante, dans un mal qui anéantissait l'être comme la volonté; et ce fut à peine si la comtesse put formuler, au moine venu pour l'assister, ses suprêmes recommandations.

Avec tout ce qui lui restait de l'habitude d'être obéie, d'ardeur pressante, de prières, de mots qu'elle put articuler, elle désignait la châsse, l'église de Panazol, le saint homme qui la dirigeait et suppliait le moine en pleurant de faire vite et en secret.

Les paroles de la mourante, mêlées de divagations, de réminiscences, de hoquets, étaient malaisées à saisir, le bon religieux d'esprit simple, l'entrée du sire de Rochechouart fort redoutée de part et d'autre.

Le moine comprit à sa façon, enleva le coffret de l'oratoire, le serra dans son manteau avec les papiers qui y étaient joints, et, déposant le tout à Panazol, donna à la main un autel au lieu de la sépulture demandée.

Les papiers, rangés avec d'autres, disparurent dans des archives et tout demeura dans l'état d'où le pauvre curé venait de le tirer inconsciemment pour sa plus douloureuse stupeur.

Déposée dans la chapelle vouée à sainte Modestine, la main en prit le nom bientôt.

Les prières faites là appelèrent les grâces qu'elles imploraient.

Ce fut à la châsse qu'on l'attribua, ne pouvant imaginer qu'un objet, tout à la fois si riche et si étrange, contînt quelque chose d'ordinaire. Et la dévotion s'établit.

*
* *

Des papiers épars sur la table, le pauvre curé faisait un tas.

Très tristement il songeait.

Il pensait au scandale, à tout le passé détruit, à tant de cœurs froissés, de foi ébranlée peut-être, à la joie venimeuse des ennemis d'une religion où les manifestations matérielles, qu'on lui reprochait de tant de côtés, pouvaient amener de pareilles erreurs, à son église, à son troupeau.

Il se disait que l'objet n'est rien, qu'il vaut par ce qu'il signifie. Que ce coffre aidait à la croyance d'êtres simples, désireux de voir; mais que leur prière, dégagée de tout, n'allait pas moins où il fallait.

Il pesait le mal et le bien, et son cœur se serrait d'angoisse.

Devait-il en référer à l'autorité supérieure, ou juger seul de son devoir, et enfermer ce secret pour épargner à d'autres les doutes qui le torturaient?

Il y avait bien eu sacrilège. Mais, béni par tant de prières, que n'était pas devenu ce pauvre objet, reste de deux expiations tragiques?

Il eût voulu être ce moine, dont la simplicité primitive avait tout établi ainsi: «N'avoir rien lu. Ne rien savoir.»

Les yeux mouillés, l'esprit en peine, il évoquait la cérémonie du lendemain, ce courant d'amour, de prières, qui venait là si naïvement, cet espoir de miracles qui soutenait les désespérés.

Quand il leur aurait enlevé ça, par quoi le remplacerait-il?

Alors il se mit à genoux et pria Dieu de permettre que la Main fût à ses yeux de bois, de cire ou d'or, comme d'autres objets de piété. De vouloir bien considérer que tout est pur aux êtres purs. Enfin, en le jugeant, de daigner, pour son pardon, lui tenir compte des cœurs qu'il lui garderait ainsi, en les préservant du froissement de la déception, et du doute qui vient ensuite.

Puis son parti pris, du fond de sa conscience, il vérifia minutieusement les papiers qu'il venait de lire, et, sans un mouvement de remords, il les brûla, jusqu'au dernier.

A la surprise générale, pendant la cérémonie du lendemain, le curé fut triste et songeur, obsédé d'une préoccupation qui se trahissait malgré lui, par un regard, toujours le même, jeté de côté.

Puis, quand, avant d'unir les mariés, le moment vint où devait se placer le panégyrique de la Sainte, à la surprise plus grande encore, il s'excusa en quelques mots, pendant que chacun s'accotait, pour un discours de longue durée.

Et s'adressant, sans transition, aux fiancés assis devant lui:

—En toute occasion, mes enfants, nous retrouvons, leur dit-il, dans la bouche de Notre Seigneur, une parole qu'il répétait, n'en connaissant pas sans doute qui lui parût meilleure à dire:

«Aimez, et ne vous inquiétez de rien d'autre.»

«Et de même, ce conseil d'amour saint Augustin, un très grand saint, l'a répété comme ceci:

«Aimez, et faites ce que vous voudrez.»

«C'est pourquoi je vous dis que vous avez choisi la bonne part, et que je m'en vais prier pour qu'elle vous soit laissée longtemps.»

Troisième possesseur du secret, après des siècles écoulés, le curé est mort à son tour.

Tout est resté dans le même état. Panazol a toujours sa châsse, et les miracles y abondent.

Il n'est que de croire.

LES RAMEAUX DE FRANÇOIS

IL a volé! disait laconiquement mon grand-père à chacune des personnes qui entrait dans sa chambre, attirée par le bruit de l'aventure.

Et sa tête, à demi tournée pour reconnaître l'arrivant, se retournait vers le coupable.

J'étais descendu le premier, animé d'une ardeur de guerre, et de la curiosité la plus aiguë que j'avais encore jamais ressentie.

Face à face, sans grilles, sans gendarmes, j'allais donc, à moins de neuf ans, affronter un de ces individus qui alimentent les histoires terribles—vraies ou fausses—un de ces forcenés contre qui la société, la police, les prisons et les menottes demeurent impuissants; qui n'ont ni honneur, ni scrupules, et, ce qui m'étonnait bien plus alors, qui n'ont peur de rien!

«Craquements de boiserie», avait-on coutume de nous dire la nuit, dans nos frayeurs d'enfants. Et nous-mêmes, nous riions, au point du jour, de ce voleur qui marchait toujours et qui n'arrivait jamais.

Craquements de boiseries, hein, cette fois?

Et je me le représentais, après avoir forcé l'entrée, montant l'escalier à pas de loup, sur ses pieds nus ou ses chaussons; frôlant en passant la porte derrière laquelle je dormais, puis celle de ma mère, puis toutes les autres, prêt toujours à entrer partout. Ah! le misérable.

—Je l'ai pincé, il n'était pas cinq heures encore, venait de dire Huret dans la cour; coffré dans le hangar aux outils, et conduit chez monsieur tout à heure.

Conduit chez monsieur. Il avait donc laissé cet homme tout seul avec grand-père! Quel fou que ce vieil Huret!

C'est pourquoi, au frisson de ma curiosité, s'était mêlée une palpitation si angoissante pendant que je frappais à la porte et que je criais comme chaque matin:

—Je viens vous dire bonjour, grand-père!

Et, dans ma crainte d'être renvoyé, j'avais vite tourné le bouton, fermant les yeux au premier moment, dans le paroxysme de mon émoi.

Je ne pouvais pas regarder tout de suite.

Puis, à force d'amour-propre, je relevai mes paupières.

C'était ça, l'homme terrible!...

Il avait bien ses deux pieds nus, comme je me l'étais figuré. Mais quels pauvres petits pieds, gelés, tremblants... Et quelle misérable figure!

Plus jeune que moi, à coup sûr. Si nous nous étions mesurés, le sommet de sa tête n'aurait pas atteint mon épaule.

Devant lui, jonchant le parquet, tout un monceau de buis, dont l'odeur âcre et fraîche remplissait violemment la chambre.

Je ne comprenais plus du tout. Lentement, grand-père continuait son interrogatoire, pendant que j'achevais mon inspection.

Des joues maigres, des yeux farouches, qui fuyaient toujours le regard. Une broussaille de cheveux blonds.

Pour costume, une culotte de drap, lustrée, effrangée et mince, à redouter chaque mouvement.

Par-dessus, une blouse anglaise, en coutil de nuance indécise, avec ses trois plis déformés que nulle ceinture n'ajustait plus.

Le pantalon avait dû voir plus d'un jour de gala. C'était le vêtement élégant d'un enfant qu'on habille bien.

La blouse avait ri, aux bains de mer, aux Tuileries, partout où les enfants s'amusent.

Ils ne riaient plus, ni l'un ni l'autre, et leur maître bien moins encore.

Le front bas, l'air lassé, il écoutait ce qu'on disait, répondant peu, rien que par gestes de ses mains ou de sa tête, ce qui donnait à mon grand-père l'obligation de lui poser dix questions pour une, comme dans ce jeu où nous jouions à ne dire que «Oui» ou «Non».

Pendant ce temps, tout le monde avait fini d'entrer.

Mes cousines d'abord; les jumelles, miraculeusement échappées à la surveillance rigoureuse de leur miss, et blotties aussitôt, dans la peur d'un rappel probable, à l'ombre d'un paravent; mon frère aîné, descendu de la mansarde, où il «potassait» des x, à l'abri de notre tapage; ma tante Hortense; ma mère enfin.

A chaque entrée, sur chaque figure, j'avais retrouvé successivement, et selon le caractère de chacun, un étonnement pareil au mien.

C'était «ça», le voleur?

Puis les impressions secondaires s'étaient manifestées.

Mes cousines l'avaient trouvé sale, et le lui avaient fait comprendre par un recul de leurs personnes, aussi proprettes que précieuses. Mon frère l'avait jugé insignifiant, et avait haussé les épaules, en homme qu'on dérange pour rien.

Ma tante, elle, s'était «défiée».—Elle se défiait toujours,—et avait enlevé à grand bruit les clefs qu'on laissait chez nous, sur tous les meubles et aux tiroirs.

Ma mère s'était avancée, et, touchant l'épaule de l'enfant:

—Qu'est-ce que tu as fait, mon petit? lui avait-elle demandé doucement, avec cette persuasion sérieuse qui nous faisait lui avouer, quand elle l'employait avec nous, même nos sottises les mieux cachées.

L'éternel mouvement de tête lui avait seul répondu, désignant d'un coup de menton l'amas de branches par terre. Et comme elle insistait encore:

—Laisse, avait dit mon grand-père. Il venait pour voler du buis. Voilà tout ce qu'il a pris...

Et comme nous nous regardions, avec un soulagement intime, prêts à sourire du péché, grand-père avait ajouté:

—Il l'a pris dans le jardin du fond. Il m'a coupé toute une tasse!

Toute une tasse!... Mots inintelligibles pour tout le monde. Terriblement significatifs pour nous, dont l'indignation remonta comme une vague.

Ma tante, toujours trop prompte, fit même deux pas en avant, avec une mine si parlante que le petit, tiré cette fois de son mutisme obstiné, et se garant d'un bras, par un geste d'enfant battu, s'était écrié rudement:

—Eh ben! de quoi? pour des branches! Vous en avez encore, je crois.

Ce cynisme bourru, cet accent faubourien, nous semblèrent un sacrilège. Et comment lui expliquer pourtant ce que nous éprouvions?

Des buissons auxquels on s'attache! il ne comprendrait pas du tout.

Une joie de vieillard inoccupé, un orgueil de créateur; le travail patient et l'attente de plusieurs années consécutives; la distraction journalière de mon grand-père: il y avait tout cela dans les branches qui traînaient à terre.

Devant la grande maison que nous habitions tous alors, entre Versailles et Viroflay, s'étendait une cour pavée.

Deux ailes faisaient retour à droite et à gauche. Six marches formaient perron pour monter au rez-de-chaussée. Un perron qui régnait partout: noble, simple, foulé jadis par plus d'un pied du grand siècle. C'était l'entrée principale. Derrière, s'étendait le jardin, avec sa terrasse sablée, où les caisses d'orangers alternaient avec les lauriers.

Une grande allée de milieu partait de là, bordée des deux côtés par des plates-bandes multicolores, merveilleusement fleuries de ces fleurs mélangées qui étaient la joie et le cachet des jardins d'autrefois.

Belles de jour, capucines, dahlias, rosiers, soucis, résédas, verveines, balsamines, œillets musqués, œillets blancs; avec un incessant bourdonnement de guêpes et une intensité de parfums que je n'ai senti que là. De place en place, un grand soleil, penché en avant sur sa tige et dont nous disputions en automne les graines noires aux oiseaux. Des roses trémières, étageant sur leur canne verte leurs pompons roses, blancs, soufres—où mes cousines puisaient sans relâche pour confectionner des poupées.

Un brin de bois traversait la fleur, simulant une longue taille gainée; et la cloche renversée sur ses bords, nous avions des régiments de danseuses, en jupes soyeuses, de couleurs vives, qui s'alignaient en bataillons.

Après, c'était le carré de gazon, où quatre statues symboliques gardaient gravement, depuis des années, un cadran solaire en marbre; puis enfin, le «jardin de buis» qui fermait la propriété.

Oh! ce jardin; étrange, humide, un peu sombre, remplissant l'air d'une forte odeur, comme il nous charmait autrefois.

C'était le théâtre des jeux qui demandaient du mystère…

En bordures, en boules, en charmilles, on n'y voyait rien que du buis, ferme et brillant comme du métal.

Dans la fraîcheur perpétuelle, causée par les bois voisins, il poussait là, arborescent, prêt à toutes les merveilles, comme l'avait prouvé mon grand-père: des merveilles de taille de direction et de patience. De sorte que le promeneur non prévenu s'arrêtait tout à coup, stupéfait de se voir passer entre la rondeur d'un pot à anses, ou l'élégance d'une coupe à pied.

Tout bien compté, le service comprenait huit pièces.

Le sucrier, en forme de coupe, une théière à ventre bombé, et six tasses rangées autour.

Soit oubli, soit faute d'éléments, on n'avait pas fait de crémier.

C'était laid, d'un goût détestable, et rien de beau ni de fragile ne m'a inspiré depuis une admiration pareille et un semblable respect.

Je savais l'œuvre plus vieille que moi. Je voyais chaque matin mon grand-père et Huret, le sécateur à la main, s'en aller l'entretenir et la parachever, et personne ne m'eût fait admettre que ce n'était pas une merveille.

Les choses valent par ce qu'on y met. C'était le bonheur de mon grand-père, et un des articles de foi de cette admiration familiale, dont les enfants ont le chauvinisme charmant et exalté.

Le sucrier n'avait été parfait qu'à la quatrième année de taille. La théière n'avait eu son anse qu'après sept ans de travail, et c'était cette année seulement que les cinq premières tasses, identiques dès le début, avaient vu la petite sixième, toujours en retard, les rattraper tout à fait.

Dans nos jeux, successivement, chaque pièce de ce service fantastique nous appartenait tour à tour, et nous allions respectueusement les choisir et les désigner.

Au-dessous, un gazon faisait nappe. Velouté, frais, admirable; et, quand j'y voyais défiler des amis et des inconnus, je me sentais gonflé d'orgueil.

Et c'était cette source de joie, ce motif d'admiration, que ce méchant gamin brutal venait de déparer d'un coup!

Sans doute, les mêmes réflexions amenaient chez mon grand-père le même regain d'indignation, car, de temps en temps, il pressait tout à coup ses reproches et ses questions, comme si la mutilation de son œuvre lui repassait devant les yeux.

Il n'avait pas voulu la voir, désirant conserver, comme il l'avait dit à Huret, son sang-froid et toute sa justice: mais il se la représentait, bien sûr, quand il fermait ses paupières et parlait plus vite et plus fort.

—Tu es venu par la forêt?... Tu es entré par-dessus le mur?... Tu as coupé ou arraché?...

Il avait beau dire et beau faire, il n'obtenait que le même geste: les mains du petit s'ouvraient, s'écartaient, expressives comme des paroles d'impuissance ou de lassitude, puis retombaient.

—Défends-toi donc! criait mon frère. Il faut toujours se défendre...

Pendant que ma mère montrait les pieds, le misérable petit corps, le maigre visage du malheureux. Et cela suffisait pour sa défense, en vérité.

Venu à pied depuis Paris, dans cette nuit et par ce froid. Le cœur me tournait d'y penser.

—Si j'entrais pourtant chez toi, continuait mon grand-père, enragé de toucher à la fin ce flegme morne, et que je te prenne ce que tu aimes le plus. Que dirais-tu en me trouvant?

Le petit avait presque ri, comme amusé à cette idée; puis l'amertume avait reparu, et toujours de sa voix rude:

—Oh moi! avait-il répliqué, je n'ai jamais rien eu à moi. Vous pouvez prendre...

Il secouait ses épaules pointues, avec son geste habituel, qui ressemblait au mouvement par lequel on jette un fardeau, et faisait avec ses yeux le tour de la chambre.

Comme le feu flambait ce matin-là! Comme les fauteuils paraissaient bons, les bibelots de grand-père, coquets! et nous tous confortables avec le thé, le lait, le chocolat que nous finissions de prendre, et dont la chaleur et le goût nous restaient encore aux lèvres.

De nous comparer, lui et nous, c'était insolent de bonheur.

Tout cela passa-t-il sous cette forme, dans la tête de chacun de nous? Je n'en suis pas tout à fait sûr. Mais dans les yeux de grand-père je vis le chagrin s'éloigner et monter à la place une pitié infinie, et je savais avant de parler que sa voix allait être bonne.

—Allons, nous ne te prendrons rien, répondit-il simplement. Mais toi non plus, ne prends plus...

Et changeant tout à coup de ton:

—Tu vas t'asseoir et déjeuner.

Quel déjeuner que celui-là!

Ma mère l'avait apporté, et les jumelles attendries cassaient le pain par petits morceaux, l'une à gauche, l'autre à droite. Moi je mettais des bûches sur le feu, et mon frère, en un instant, avait su se faire dire toute l'histoire de notre convive.

Une histoire de misère noire. Le père buveur, la mère morte. Le pain ramassé au hasard, heureux quand on en ramassait. L'essai de tous les métiers qui peuvent se tenter à Paris, sans souliers et sans argent. Accompagnant le plus souvent un grand diable de camarade qui empochait naturellement aumônes et salaires.

La faim, le froid et les coups. Il disait cela très simplement.

Puis, au début de cette semaine, la semaine «des Rameaux», l'idée qui lui était venue de se séparer de l'ami et de «travailler» pour son compte, près de quelque église de la banlieue, où son tyran ne pourrait, cette fois, ni le poursuivre, ni le reprendre.

La course depuis Paris, observant les propriétés, cherchant une escalade aisée, sans portes à ouvrir et sans chien à redouter.

Le choix fait de notre maison. La fatigue qui l'avait saisi et endormi le long du mur, avant qu'il eût fini sa cueillette. Huret, enfin, le découvrant et l'emmenant par les oreilles. Nous savions le reste après.

En somme, peu de remords; une franchise absolue; une très faible notion du mal commis moralement; un vif regret, en revanche, d'avoir détruit un bel ouvrage...

«Mais nous avions tant de ces arbres!...»

C'était toujours l'idée qu'on sentait la plus forte chez lui. Et moi qui ne l'avais jamais eue, jusqu'à cette heure de ma vie, elle me prenait douloureusement.

Pourquoi nous tant et lui rien? Pourquoi pas tout le monde pareil?...

—Hélas! disait mon grand-père, c'est plus difficile que tu ne crois.

Aussitôt son lait bu, on avait emmené François; et ma mère l'avait habillé dans de vieux habits à moi, après l'avoir fait se laver, pendant que le courant de sympathie, établi en sa faveur, allait grandissant parmi nous.

La première note de réalité au milieu de notre extravagance avait été ces mots dits par Huret:

—Monsieur veut-il que je prévienne pour qu'on s'occupe du vagabond? Je passe près de la gendarmerie, avait-il demandé à grand-père...

A la gendarmerie! Pour François! Un cri d'indignation avait failli nous échapper.

Il serait puni pourtant; nous en avions la certitude.

Point d'apitoiement, quel qu'il fût, n'entamait chez mon grand-père la rigidité des principes.

Aussi, quand il répliqua tranquillement:

«Non, je me charge de tout, Huret», personne n'osa-t-il rien dire.

Ma mère, elle-même, s'était tue; mais grand-père l'avait rappelée et lui avait parlé tout bas.

—Tu me l'enverras vers trois heures, avait-il dit en finissant.

A trois heures, lui et François entraient ensemble dans le parterre et descendaient la grande allée.

—Je n'ai pas encore vu le dégât, nous allons le regarder ensemble, disait grand-père tout en marchant, pendant que François recommençait à détourner les yeux et à traîner ses pieds le plus possible.

Quelque idée qu'il s'en fût formée, les débris que grand-père trouva durent lui causer une secousse. C'était plus que dépouillé, c'était saccagé.

Après son premier examen, repris par sa passion, il s'était remis à travailler, rajustait machinalement, achevait les branches pendantes, égalisait celles qui restaient, mais toujours sans rien dire, et c'était dur à regarder pour l'auteur du dommage.

Enfin, le mot mélancolique des vieillards lui était venu, et, refermant son sécateur:

—A quoi bon, avait-il dit, je ne les verrai pas repousser.

Sans doute, l'endurcissement de François n'était pas encore bien profond, car sur ce mot il s'était mis à pleurer, comme aurait pu faire un de nous, et avait suivi de lui-même grand-père dans la maison.

Dans la chambre où ils rentraient, le buis achevait de se sécher, après avoir trempé le tapis.

Grand-père regarda un instant la mine attendrie du petit; puis, s'asseyant près des branches vertes:

—Maintenant, prépare tes rameaux, dit-il tranquillement à l'enfant. Nettoie-les, sépare-les. Tu iras les vendre demain à Notre-Dame de Versailles. Ce sera ta punition.

En vain François supplia-t-il, demandant toute autre expiation. Grand-père fut inflexible.

—Demain, quand tu reviendras, je te pardonnerai de tout mon cœur, et je te garderai chez moi. Mais c'est ça que tu voulais faire. Pourquoi ne le ferais-tu plus?

—Au moins vous prendrez l'argent? suppliait l'enfant en pleurant.

—Je ne prendrai rien du tout.

Pauvre François! Quelle soirée!

Le remords, pour la première fois, entrait en lui, douloureusement, avec la fougue passionnée d'une petite âme toute neuve.

Il souhaitait bien de réparer. Mais vendre ce bien volé, qu'on lui laissait en main, bénévolement. La chose lui semblait horrible.

Par une faveur spéciale, on nous permit le lendemain d'aller à la messe à Versailles.

Il fallait soutenir François, et le délivrer promptement. Nous voulions tout lui acheter et le ramener vite en triomphe, malgré les prédictions dont nous poursuivait ma tante, certaine, disait-elle, que nous ne le retrouverions même pas.

Très droit, très propre; l'air au supplice, avec certainement alors la notion du bien dans le cœur, François offrait sans dire un mot les rameaux posés à ses pieds.

Je ne vis que lui sur la place. Il me semblait un jeune martyr, et, laissant mon frère s'occuper du partage que nous venions faire, je pris les mains du petit et les lui secouai follement.

Un quart d'heure après, le cœur inondé de tendresse, et les bras chargés de verdure, comme le peuple d'autrefois que voulaient rappeler nos palmes, nous entrions à Notre-Dame.

La sixième tasse aujourd'hui est repoussée entièrement; mais on la laisse s'écheveler, comme tout le jardin au buis du reste, depuis que grand-père n'est plus là.

Je ne pense pas d'ailleurs que même verdoyante et complète, elle lui aurait donné plus de joies qu'il n'en a éprouvé ensuite, près de ses branches coupées.

C'était, disait-il, la trace de la greffe qu'il y avait prise pour sauver une plante humaine, et la direction de cette plante-là l'avait bientôt captivé de préférence aux autres.

Autant qu'il se peut, tous les ans, nous nous retrouvons tous les cinq à la messe de Notre-Dame, le dimanche des Rameaux.

François nous offre le buis bénit. Il garde, pour nous le payer, la recette faite là, le premier jour où il y est venu.

BONNETS DE COTON

Le Tréport, 17 août 1896.

«MA petite Françoise, il le faut! Je ne dis pas que c'est commode, mais toi, de Marolles, tu le peux; tandis que pour moi, depuis Le Tréport, c'est impossible!...

«Supplie ta mère. Explique-lui... Habille ta miss, et emmène-la. Il me faut des bonnets de coton, choisis par toi, à Paris.

«Qu'est-ce que tu veux que je trouve ici?

«Les ressources du pays... «Le vrai bonnet...» Ce sera très drôle!...

«Et voilà chacun d'écrire, de courir au télégraphe, d'attendre et de recevoir des paquets!...

«Comment je les veux? Ça, ma chérie, si je pouvais te le dire, mes perplexités et mes peines seraient réduites de moitié.

«Envoie tout ce que tu trouveras. Tout ce qui sera joli ou drôle. Les très grands et les tout petits, en couleurs et blancs; unis, rayés, mouchetés, mi-partis, doublés autre ton...

«J'entends bonnets de coton en soie. Mais fil, laine, coton, bourrette, tout peut servir, si ça se recommande par une qualité quelconque.

«Je doute que tu trouves ça rue Saint-Denis, si bonnetiers qu'y soient les bonnetiers!...

«Va... Ma foi, je ne sais pas non plus!... Entre au *Carnaval de Venise*, chez cet autre un peu avant; et puis, tu sais, rue de la Paix à l'angle de la rue Saint-Honoré.

«Si ça t'intimide à demander, fais parler «la pudique Albion». Je voudrais la voir dire ça! On va croire que c'est pour elle!... Puis, tout le temps que tu rouleras, en wagon et en voiture, songe sans interruption à ce que je pourrais bien mettre pour accompagner cette coiffure, de façon à avoir une certaine silhouette, et à être le plus jolie que je peux.

«Tu ne trouves pas cette idée bizarre, un dîner en bonnets de coton?... C'est chez la petite de Saucourt.

«Mardi nous avions dîné en têtes chez madame Delahaye, et ça avait été charmant. Beaucoup d'entrain, d'élégance, et des idées de l'autre monde.

«Le succès de la soirée avait été pour Marc de Rivière, en «vierge et martyre».

«Tu le connais. Pas un brin de barbe, des yeux bleus, une peau blanche, et d'une maigreur ascétique.

«Il s'était mis de grands cheveux blonds, une auréole à jour, qui tenait, je ne sais comment... Avec sa palme sur l'épaule, son air douloureux, et son habit noir, bien correct, tu n'as rien vu de plus comique.

«Le soir on était arrivé à discuter toutes les sortes de travestissements en général, et les bals costumés en particulier, condamnés irrévocablement par la baronne Lassenay.

«—Rien de moins joli, avait-elle déclaré péremptoirement, si l'on n'a soin d'en faire une unité, ou par la couleur, ou par l'époque, ou par le pays. Tout le monde est charmant isolément. Réunis, on devient horribles de bigarrure et de heurté, et aucune élégance n'empêchera qu'on retombe à la mascarade du mardi gras dans la rue!... Quel coup d'œil au contraire, quand...

«—Eh bien! avait interrompu fort irrévérencieusement Suzanne de Saucourt, venez tous dîner chez moi lundi prochain en bonnets de coton!... On verra bien.

«—Faut-il apporter son bougeoir?

«—Ce sera un dîner gai!...

«—En bon-nets de co-ton?...

«—Oui, femmes et hommes. Ne le portent-ils pas tous les deux ici?...

«—Mais, nous nous ressemblerons tous!

«—Je n'impose ni couleur, ni taille.

«—Ce sera toujours la même chose!...

«—Et la façon de le poser?... Regardez, rien qu'avec un mouchoir, ce qu'on peut se faire de coiffures!...

«Et voilà cette folle de Suzette, enlevant son chapeau Directoire, et nouant la batiste de dix manières sur sa perruque frisée.

«En fanchon, en tourte, en résille... et chaque fois plus réussie que la précédente.

«Il est vrai que du linon et des dentelles, ce sera toujours joli sur les cheveux; et si elle avait dit «bonnets de nuit», je me serais bien tirée d'affaire.

«Tu vois toutes ces gravures de Watteau, avec ces petites câlines?...

«Enfin, c'est en bonnets de coton.

«—Mon ami, a dit gracieusement madame d'Olonne en s'approchant de son mari, vous n'oublierez pas que vous aurez été «une» fois dans le monde, tout à fait à votre goût?... On permettra que vous apportiez *le Temps* et que vous vous reposiez sur un canapé. Vous y repenserez les autres fois...

«Et chacun qui connaît l'horreur du pauvre M. d'Olonne pour tout ce qui est sorties du soir, de rire comme tu penses.

«Mais tout cela ne résolvait pas la question. Il fallait savoir que mettre, et comment le mettre!

«Le lendemain on se rencontrait dans toutes les boutiques du pays:

«—Vous avez trouvé quelque chose?

«—Peuh! je prendrai le bonnet classique, planté tout droit; tant pis!...

«Est-ce que tu crois ça, Françoise? Moi pas du tout! C'est alors que je t'ai écrit.

«Et puis quelle robe mettre avec?

«Je ne vois pas du tout le décolleté. Des fichus? des guimpes? des froncés?

«Maman me laisse tout à fait libre, et me prête Angèle pour arranger un de mes corsages comme je veux.

«Qu'est-ce que tu en penses?

«Francette, ne manque pas ton train! Si nous causons, tu oublieras l'heure. Je ne dis plus rien.

«Un baiser par tour de roues que tu vas faire pour moi!

«BRIGITTE.»

19 août.

«Ma chérie, c'est l'assortiment d'une artiste! Il y a des coups de génie dans ton choix!...

«Le gros rouge à houppe, celui qui est soufre, et le tout petit blanc mouflu, me donneront des heures d'insomnie... Comment décider entre eux?

«Je les mets, je les change, je les remets: ramassés et découvrant tous les cheveux, très enfoncés et posés de côté, comme les portraits de Masaniello enfant... Tout est joli! J'ai fini par danser autour, tant c'était amusant, ce déballage...

«Il y a encore le petit rayé bleu et blanc! On voudrait avoir deux têtes, pour ne pas le sacrifier si on en choisit un autre!...

«Tout bien pesé, je crois que je mettrai le rouge. Un peu plissoté et le pompon libre. Mes cheveux bouclés tout autour de la tête, et une chemisette écrue. Une rude chemisette de paysanne en batiste bise.

«Ni entre-deux, ni dentelle: un coulissé.

«Pas facile à supporter, le demi-décolleté en rond, tout sec au bord; mais d'autant plus joli quand on le peut.

«Vois-tu ça?

«Comment! tu ne connais pas Le Tréport? Je croyais que tu y étais il y a deux ans.

«Non, ce n'est ni Trouville, ni Deauville; mais c'est élégant déjà, et la vie y est fort gaie.

«Beaucoup de toilettes, très amusantes à regarder, avec ces fantaisies, et ces audaces qu'on n'oserait jamais à Paris.

«Une belle inconnue qui circule beaucoup, à pied, à bicyclette, en bateau et en voiture, fait notre bonheur dans ce genre.

«—Quelle robe a Nadèje aujourd'hui? se demande-t-on quand on se rencontre...—C'est son surnom parmi nous.—Et le fait est que depuis que nous sommes ici, Nadèje ne nous a jamais fait la traîtrise de remettre celle de la veille.

«Moi je change de robe après le bain, et je me rhabille pour dîner; c'est tout.

«C'est exquis, tu ne trouves pas? ces deux ou trois mois de l'année, où l'existence est au rebours de toutes les habitudes de toujours; où on s'occupe uniquement à s'amuser; où on danse tous les soirs, où on dîne, où on déjeune sur l'herbe?...

«Au quart de ça, à Paris, maman commencerait à refuser les invitations.

«Je ne danserais pas tous les cotillons. Je ne souperais jamais.

«Ici, c'est si court et si restreint! On insiste, elle cède, et je reste.

«Nous sommes bien une vingtaine nous connaissant et faisant cercle.—La bande des Sans-Vert.—Sais-tu pourquoi?

«Ernest de Vernaye est arrivé ici, tout féru d'un jeu nouveau, qui faisait fureur à l'*Estang*.

«Il s'agit de porter toujours sur soi, d'une façon apparente ou non, de huit heures du matin à minuit, un brin de verdure qui doit être présenté à toute réquisition d'un membre de l'association, vous rencontrant, où que ce soit. De n'être jamais, enfin, pris «sans vert», d'où le nom... Faute de quoi on paye une amende.

«C'est comme une immense et perpétuelle philippine.

«Ruses et surprises sont permises, et tu peux croire qu'on en use.

«On entre innocemment dans l'eau. Quelqu'un saute du radeau:

«—Mademoiselle, votre vert?...

«Encore faut-il y avoir été prise, pour songer à se précautionner d'une branche de verdure plantée dans ses cheveux.

«Si tu tiens compte de la rareté de la végétation au bord de la mer, ce qui fait qu'au moment du danger on n'a pas à étendre seulement la main pour se procurer un pavillon; de la fréquence des rencontres en revanche, tu saisiras l'animation du jeu, et l'entrain qu'il met dans un groupe vivant ensemble.

«Notre cagnotte est si nourrie qu'on va la casser un de ces jours, et la manger, je ne sais comment.

«Nous pourrons faire un tour de France.

«Notre maison est jolie. Une villa particulière, qui se loue cette année par hasard. Sur la mer, bien entendu, ou, pour être plus exacte, donnant sur le dos des cabines.

«Pars de l'eau, je vais te décrire l'aspect de la plage en deux lignes.

«La mer donc. Un banc de galets, un second banc de galets, un troisième banc de galets. Des planches, le demi-quart de celles de Trouville en largeur, pas même, je crois.

«Deux rangées de cabines; un très grand espace planté de becs de gaz, et soigneusement garni de gravier; des maisons, posées coude à coude, sans un espace entre elles. Devant chacune d'elles huit mètres de jardin, enclos de barrières.

«Tu n'as rien vu qui ressemble davantage à un décor d'opéra-comique. J'ai toujours envie de passer derrière pour regarder ce qu'il y a.

«Entré dans les maisons, on commence à croire à leur profondeur; mais ces façades en brochette, bâties différemment toutes, avec des recherches d'originalité, de bois croisés, de grands toits!... On est généreux en leur accordant la fenêtre praticable, d'où l'on va venir chanter un air.

«Le casino est tout petit, mais charmant d'animation.

«On parle beaucoup de celui, superbe, qui le remplacera l'année prochaine; mais pour ce que nous en faisons, je doute qu'il y ait mieux.

«Nous nous y retrouvons tous les soirs, quand on ne se réunit pas chez l'un de nous.

«L'orchestre est parfait. Des tsiganes, avec ce coup d'archet, et ce chant de leurs instruments, qui donnent ce mal agréable aux nerfs qu'on a quand c'est eux qui font danser.

«A côté, les petits chevaux. Les délices et le désespoir.

«Les délices quand on m'y laisse jouer. Le désespoir, parce que, ici, ils sont organisés en roulette, avec des tableaux, et que je n'y comprends plus rien.

«Je te recommande, pourtant, l'as et le sept. Il est sûr qu'ils sont pipés; ils gagnent toujours!

«D'énormes falaises grises; belles si on veut, parce qu'elles sont hautes; mais sans sauvagerie ni grands éboulis.

«Une charmante église, adorablement située à mi-côte dans la verdure. Un port très vivant. Mers là-bas, que nous regardons avec dédain du bout de notre jetée. Voilà, tu as vu Le Tréport.

«A mer basse et à mer haute, on vit là, sur ces galets; boitillant, se tordant les pieds, s'y asseyant comme sur le plus moelleux banc de mousse.

«On plante dedans de grands parasols, avec des demi-rideaux qu'on oriente, pour s'abriter comme on l'entend. Et comme la plage est toute petite, et qu'il y a beaucoup de monde, les ombrelles pullulent et se touchent.

«Cela ressemble de loin à un village nègre.

«Rien de plus drôle que de le traverser, et de voir en passant chacun menant là-dessous son train. Une espèce de petit chez-soi, où on s'observe encore un peu, mais où on fait pourtant ses affaires, depuis sa correspondance jusqu'à raccommoder ses bas—ceci du côté des falaises!

«C'est notre bonheur à Madeleine et à moi que ces visions successives.

«Nous partons bras dessus, bras dessous, faire ce que nous appelons nos observations de vie vécue.

«Maman n'aime pas beaucoup ça...

«Malgré le temps qui est atroce, nous nous baignons avec furie, et jamais la philosophie de Gribouille ne nous a été plus nécessaire.

«C'est toujours le moment amusant, le moment du bain, autour de quoi tout pivote ici.

«—A quelle heure la haute mer?...

«Et on place d'après ça: promenades, visites, réunions; et ceux qui ne se plongent pas viennent regarder, et ceux qui se baignent en sont enchantés, et tout le monde potine avec jubilation.

«Entrer dans l'eau, passe encore; mais que c'est difficile d'en sortir sans être affreux!

«On a beau s'arranger très bien, lancer son imagination à la recherche de mille petits embellissements: hou! que c'est laid, quand c'est laid!... Et les trop maigres! et les trop grasses!...

«J'ai pourtant cousu trois bouclettes au bord du foulard que je noue sur mes cheveux. Ça fait très bien. J'applique, je serre et je fais mon nœud. Je suis gentille. Puis avant-hier, une vague arrive que je n'attendais pas. Elle passe sur moi. Je bois un peu. Je barbote. Je ressors; je porte la main à ma tête... Plus de fichu.

«La mer me gardera le secret, et j'aime mieux ma mésaventure que celle d'une pauvre petite dame que je ne peux plus regarder sans rire.

«Suzanne se baigne avec des bas, de grands bas noirs bien tirés, et sur lesquels ses souliers de caoutchouc s'attachent en cothurnes très joliment.

«On la plaisante là-dessus, à perte de vue et d'esprit; à perte de peine surtout, car elle tient à son arrangement comme à ses prunelles.

«Le seul argument qui la touche et l'exaspère, c'est l'hypothèse que si elle fait ça, c'est sans doute qu'elle a ses raisons, et se rembourre tout vulgairement comme un suisse de cathédrale.

«—Mon Dieu! s'écriait-elle l'autre jour, au comble de l'impatience, comment ne comprenez-vous pas, que s'ils étaient en coton, ils «égoutteraient quand je sors!» «Ils» sous-entendant la partie injustement attaquée.

«C'était probant, et comme Suzanne n'est pas la seule baigneuse ici qui mette des bas, voilà toute une partie de notre groupe cherchant, sur chacune des autres, la révélation accusatrice.

«On l'a trouvée—ou prétendu—car je ne vois pas bien, au milieu du ruissellement général, comment faire des distinctions; et l'infortunée petite femme qui l'a fournie sert de plastron depuis ce temps-là.

«—Shocking! dirait ta miss.

«Quoi? de parler des choses que nous montrons toutes si paisiblement ici?...

«—C'est les bains de mer.

«Au fait, Françoise, pourquoi mettre si péremptoirement de côté le bonnet soufre?...

«Supposons que je renverse la combinaison et que j'y adjoigne un fichu rouge?

«Les fichus se posent tout seuls, et le rouge fait la peau si blanche... et sur la tête, cette grosse chose jaune, tout à fait ramassée en petite cloche. On dirait une rose trémière.

«C'est ça que je ferai!...

«Comment! si, tu sauras tout, les idées, les propos et les gens? Mais tu croiras y avoir été!...

«Tu aurais été heureuse hier au Casino. Grand déballage d'officiers. Tout Amiens était là.

«M. d'Étiolles en connaissait deux qu'il nous présente, qui présentent leurs camarades; et voilà l'escadron autour de nous.

«C'est joli, les uniformes; il n'y a pas à discuter ça. Mais c'est dommage qu'on dise toujours: «C'est joli, l'uniforme.» Je trouve que ça fait tort à l'homme.

«Si j'étais officier, je serais jaloux de mon dolman.

«M. Le Thorney me tourmente pour savoir ce que j'ai choisi, et prétend que la couleur de mon bonnet sera celle de son écharpe!...

«Livrer mon bonnet soufre! Il veut rire!...

«Je n'ai pas pu y tenir pourtant; il fallait que j'en parle à quelqu'un, et je l'ai décrit en dansant à un des officiers d'hier.

«C'est un passant, il emportera ma confidence, comme la mer mes bouclettes, et il sera muet comme elle!...

«Je t'embrasse à grands bras.

«BRIGITTE.»

22 août.

«Je suis décidée pour le blanc!

«Je t'écris ceci en courant, ma nouvelle combinaison me faisant tout recommencer. Mais cette fois ce sera le rêve.

«Tu vois le petit mouflu en soie floche, gros comme le poing, et qui n'est terminé par rien? Je le pose très simplement, en l'aplatissant un peu, de façon qu'il fait auréole.

«Je mets une robe de mousseline de soie, une robe blanche très froncée. Les manches au coude, avec un volant. Au corsage, très remonté, une longue collerette souple. Une ceinture haute d'un doigt.

«Le milieu entre la robe de nuit, et ces espèces de tuniques qu'on met aux anges!... Ce que j'appelle une silhouette!...

«Je ne t'écrirai plus jusque-là.

«Aujourd'hui, promenade en mer, et séance de crêpes de blé noir que nous devons apprendre à faire chez ma tante d'Hauterive.—La dégustation précédant pratiquement et prudemment la promenade en mer.

«Ce soir, repos, et parlote entre jeunes filles.

«C'est déplorable; jamais le théâtre n'est possible pour nous au Casino. Jane Hading vient d'arriver; mais ça n'a pas amélioré les choses. Alors nous nous réunissons, celles qu'on laisse à la porte, chez les unes ou les autres; et nous causons! nous causons!... Que n'es-tu là, ma petite Françoise! il y aurait encore parole pour une... Mais pas pour plus!

«BRIGITTE.»

25 août.

«Eh bien, c'était ravissant! et d'une gaieté, et d'un imprévu, et, tu m'entends? d'une variété invraisemblable!...

«Mais j'avais eu un départ qui n'avait pas marché tout seul!

«J'entre au salon avec maman.

«Papa nous regarde toutes les deux, puis de son ton tout à fait fâché:

«—Brigitte ne va pas sortir comme ça?

«—Pourquoi donc, mon ami?

«—Qu'est-ce que c'est que cette robe-là?

«—Sa robe blanche que vous connaissez...

«—Vous ne voyez pas de quoi elle a l'air?...

«Trop réussie, mon idée. Ça sautait aux yeux tout de suite; et pendant que maman répondait en haussant doucement les épaules:

«—Oui, je lui ai dit qu'elle avait eu tort de mettre cette grande collerette; mais pour cette fois... à la mer...

«J'ajoutais en me glissant près de papa:

«—C'est comme Jeanne d'Arc sur son bûcher. Elle n'est pas inconvenante, Jeanne d'Arc?...

«—Parfaitement, tu dis très bien, c'est Jeanne d'Arc sur son bûcher. Et comment cela s'appelle-t-il, ce qu'elle avait sur le dos?...

«Bref, j'ai un peu baissé ma collerette, en redécolletant mon corsage, ce qui en changeait très peu l'aspect; et on m'a laissé aller.

«C'était charmant chez Suzanne.

«La salle à manger décorée d'énormes guirlandes de feuillage, piquées de fleurs rouges, comme on met aux bals de village.

«Sur la table des dahlias et de petits soleils mêlés. Une grosse nappe en toile bise, avec deux larges guipures, une entre deux, et une au bord.

«Tout son vieux rouen: corbeilles, plats, saucières et huiliers, répandus au hasard et remplis de crèmes, de fruits et de papillotes. Le reste du service en copies de la même faïence.

«Du cidre dans des pichets. Le champagne dans des pots d'étain. Une grosse verrerie, drôlement taillée, qu'elle a trouvée je ne sais où.

«Dans l'office, tendu de draps blancs, piqués des mêmes fleurs que les guirlandes, un violon, un hautbois et une vielle, assis sur des tonneaux, et qui jouaient des airs villageois, après nous avoir conduits à table sur une marche sautillante.

«Vraiment joli.

«Maintenant que te dire des gens? c'est presque inrendable ces choses faites du chic, de la couleur et de la figure!

«Les femmes charmantes en général, et le blanc dominant de beaucoup.

«Madame de Ronceray, merveilleuse en rouge. Un corsage drapé comme une statue, sans forme, ni couture; le bonnet façonné en bonnet phrygien.

«Mais c'était surtout parmi les hommes que la variété était remarquable.

«Littéralement, il y avait de tout.

«Plus respectueux de la lettre que nous, ils s'étaient bornés à chercher les couleurs diverses, en gardant le bonnet classique; et rien que par la façon de le mettre, c'étaient autant de types ou de professions.

«Un épicier, un meunier, un forçat admirable, avec le bonnet gris sur les yeux, un numéro sur son bourgeron, et une figure ravinée. Un matelot... Un charmant matelot!...

«M. d'Olonne, comme on lui avait dit. Son bougeoir d'une main et son journal de l'autre; mais intarissable de verve; impossible à faire taire. Un des boute-en-train de la table. Ce que c'est que l'esprit de contradiction!

«Simon, l'horrible Simon du petit Louis XVII, reconnaissable à être nommé par tout le monde.

«C'était M. de Tresmes, et il a même eu un bien bon mot, qu'il ne nous a pas pardonné, je crois!...

«Comme on tourmentait la République pour faire un discours au dessert et qu'elle ne savait que dire:

«—Je passe la parole au plus dévoué de mes enfants, s'est-elle écriée en montrant le vilain bonhomme.

«Seulement M. de Tresmes, qui n'est pas éloquent, n'en trouvait guère davantage; et Suzanne, qui souffrait de le voir patauger, a fini par lui dire, espérant le tirer d'affaire et le mettre dans l'esprit de son rôle:

«—Simon, parlez-nous de Robespierre, vous avez bien vu Robespierre?...

«Il est parti tout de suite alors, sur ce ton solennel que tu connais, sans rire, et tout fier de nous révéler un point d'histoire ignoré.

«—Robespierre, a-t-il dit gravement, Robespierre avait ses heures faibles, il a perdu trois fois la tête. La première fois à la Convention, devant Tallien. La seconde fois, à l'Hôtel de Ville, au sein de la Commune, en délibérant au lieu d'agir. La troisième fois enfin sur la guillotine!...

«—Cette fois-là, c'était sans remède! a conclu sérieusement M. d'Olonne.

«Je crois que le pauvre de Tresmes n'a digéré ni le fou rire, ni la bêtise dite.

«Il y avait un Colin superbe, d'une naïveté réjouissante. Une gardeuse d'oies «homme» à perruque jaune, avec la chemisette froncée que je méditais, sortant du gilet de son habit!...

«A trois heures, nous dansions encore, avec notre vielle et notre hautbois, et il a fallu des pourparlers sérieux pour empêcher toute une partie de la bande, un peu lancée, de se faire reconduire en noce, par les musiciens ahuris...

«J'ai eu tout le succès que je désirais avoir, puisque que c'était un succès très «unique» que je cherchais. Devines-tu?

«En rentrant, la robe de Jeanne d'Arc était oubliée, et je n'ai pas eu la gronderie que j'attendais.

«Et puis?... Et puis demain, ou après, nous recommencerons, puisque nous sommes ici pour nous amuser!

«Bonsoir, ma chérie.»

ENTRÉE DANS LE MONDE

8 juillet 1895.

M'A-T-ELLE fait rêver ta lettre! En ai-je assez lu chaque mot, en ai-je assez usé les plis!...

Il me semblait qu'en la tenant, je n'avais qu'à fermer les yeux et que je voyais tout ce bal. C'était ma lampe d'Aladin. Je la prenais entre les mains, et «tes» lustres s'allumaient. Les gens circulaient au-dessous; ma Lucette passait en tournant, avec son bel ami penché, qui l'écoutait dire ses folies; la musique m'arrivait après...

Je l'aurais racontée, ta fête, à qui aurait voulu m'entendre. J'y regardais danser chaque soir.

T'ai-je enviée aussi, pour tout dire! Pas de la vilaine envie dont on fait, je ne sais pourquoi, un des neuf très affreux péchés. De la jolie envie, naturelle à l'homme et aux petites filles, d'être là où l'on s'amuse. Pas d'y être «à la place» de quelqu'un; d'y être aussi, voilà tout...

Elle me faisait envie cette valse, envie ces voix qui chantaient et qui entraient au bout des doigts... J'aurais donné pour voir tout ça, je crois, une jambe et un bras! Payés après, bien entendu, pour être intacte à la fête!...

Non! ne te fais pas de remords, tu n'as pas eu tort de m'écrire. Si tu ne me disais plus tout, et que je n'aie pas de tes plaisirs la joie vraie que j'en ai, je serais un monstre enfin. Nous ne serions plus toi et moi.

Et puis...—écoute bien cet «et puis...»—Peut-être mon rôle de spectatrice est-il très près de finir... Ah! je ne peux pas attendre plus. Tu devais faire toutes les étapes et passer toutes mes transes; mais je ne pourrai écrire librement qu'après t'avoir dit le plus inouï.

Hier, à l'Élysée, dans un *garden party* dont je pense que, comme tout le monde, tu as entendu parler, j'ai fait comme toi l'autre soir, mon entrée dans le monde!...

—Toi?

—Moi!

—Depuis Saint-Denis? Restant élève!...

—Depuis Saint-Denis, où je suis encore.

Imagines-tu cette bombe éclatant dans la maison: «Tant d'élèves de chaque classe, invitées à la Présidence...» et la nouvelle se répandant. Une folie!... Un délire!

Accepterait-on d'abord? Ceci, pas de doute, comme tu penses. Un chef d'État, tu comprends, on ne discute pas avec lui.

Mais comment se ferait le choix? Tirage au sort? Cote personnelle? Notes de travail? De quoi allait-on tenir compte?

Les bruits les plus divers couraient. Il nous revenait des Loges, que la sélection là-bas serait faite artistement, «à la beauté».

Très décorative, cette idée; mais qui ne serait pas de mise chez nous, la «Maison» avec un grand M, tu sais?

Le sort, c'était l'espoir pour toutes, l'égalité dans l'infortune.

Le travail, la justice pure, la récompense scolaire, dans toute sa gravité décente.

Dans le doute, et en attendant, le flot des suppliantes se pressait à la chapelle, s'efforçant de diriger le ciel par ses prières.

«Sainte Vierge, faites que ce soient les bien notées qu'on demande», disaient les très sûres d'elles-mêmes…

«Sainte Vierge, dites le grade des pères… La hiérarchie, c'est quelque chose… Celles qui savent danser le pas de quatre. Celles qui…» Chacune invoquant sa vertu spéciale jusqu'au troupeau général qui, n'ayant rien à perdre, réclamait le sort à grands cris, avec les mystères de son sac.

Puis des prières, des stations, à genoux sur le carreau, presque le front dans la poussière… Et des offrandes pour «après»!… Des neuvaines, des rosaires, des sacrifices d'objets aimés; des livres et des livres de cierges!…

Des promesses à corrompre un saint! sans préjudice, rentrées dans les classes, d'échange d'objets qui «portent veine», de mots contre le mauvais sort, de gris-gris sauvages à porter. Des pratiques de sorcières… Une folie véritable, et qui ne l'a pas vue, n'a rien vu!…

Décision céleste ou terrestre, c'est au choix par les notes qu'on s'est arrêté enfin; et les noms bienheureux, officiellement proclamés, le mien appelé à son tour, et entendu de mes oreilles, avec un sursaut à mourir; tout notre besoin de vibrer s'est répandu sur la toilette!…

Tu sais la camaraderie réelle et charmante d'ici. Les déceptions subies, tout se reportait sur nous. Nous étions les héros du jour, et on nous traitait comme telles, en ne parlant plus que de nous.

Comment allait-on nous mettre? Laisserait-on chacune à sa guise demander une robe chez elle, ou imposerait-on une mesure? Ferait-on de nous un «ensemble», comme on appelle ici nos déguisements du lundi gras, quand toutes les élèves d'une classe se font la même tête?…

«L'ensemble» a prévalu, et sais-tu comment l'a résolu, le plus simplement du monde, madame la Surintendante?... Nous irions en uniforme.

Quelques-unes ont jeté des cris, et j'ai eu moi un peu gros cœur!

Sans approcher de ton duvet, de ta blancheur et de ta mousse, je voyais une petite robe lilas... Mais il y a des malheureuses qui s'habillent comme des paquets. Cela les sauvait du grotesque, sans compter qu'à bien tout prendre, cela nous donnait à toutes un petit cachet spécial. Presque un parfum d'autrefois. Un air de demoiselles de Saint-Cyr, s'en allant à Versailles pour jouer *Esther* chez le grand roi?...

Chacune aurait une robe neuve, des souliers neufs, et des gants blancs. Le chapeau serait remplacé et changé en un canotier!

Les coutures de nos robes seraient, pour cette fois, faites par extraordinaire en soie au lieu de fil; et, la veille du grand jour, par les soins de madame l'Économe, une distribution de quatre bigoudis par tête—c'est le cas d'employer le mot—nous serait faite, avec l'autorisation de nous en servir, et le droit de les mettre, dès le soir, en nous couchant!...

Appuyée sur tes godets, que penses-tu de mes coutures? Faites en soie, tu entends, Luce!

Et mon canotier, je te prie? Songes-tu au cabriolet, que j'aurais porté jadis, mué en ces petits bords coquins?

Quant aux quatre bigoudis, et à leur pose le dernier soir, on ne reverra plus ça!

Conçois-tu qu'on s'était demandé si toutes sauraient s'en servir! Pas, des plus petites aux plus grandes, une qui n'ait demandé la méthode. On est des femmes enfin! Mais une variété de conceptions dans l'emploi de ces objets, des miracles d'invention... des traits de génie, je t'assure, comme la nécessité en peut seule inspirer, pour friser à la fois, avec son petit matériel, le haut de la tête, les côtés, la nuque et le bout de la natte. Jusqu'à ce qu'une de nous, bravement, ait tiré du renfort de sa poche. Nous restions dans l'esprit, n'est-ce pas? et tortillons, rubans, papillotes se sont épanouis à l'instant.

Des figures à se rire au nez... Claudanne pansant un bouton qui l'affolait depuis huit jours—une tête d'épingle sur l'oreille gauche;—Fontelle polissant ses ongles. Elle a une main à bénir les foules... Bressoult me passant du sucre, trempé dans de l'eau de Cologne, qu'elle me forçait à manger pour-nous rendre les yeux brillants... Une réussite inouïe d'ailleurs. Un moyen à retenir.

Et notre départ le lendemain; les conseils de la dernière heure. Aux petites sur le buffet. A nous sur la bonne tenue.

L'examen réciproque de tous ces canotiers entre eux et des coiffures inédites. Les bigoudis ont fait merveille; il y a des négresses blondes.

Nos ceintures sont bien posées et égaient notre laine noire, nos collerettes, très 1830; candides et propres à la fois...

Fouette cocher, et nous roulons vers les grandeurs.

C'est madame la Surintendante qui nous conduisait en personne, pour nous remettre entre les mains du général Février, et le grand chancelier lui-même qui devait aller présenter son troupeau à l'Élysée.

Tant d'honneurs nous excitent, le côté mondain s'efface, nous récapitulons nos gloires. On est très chauvin chez nous.

C'est quelque chose, tu sais, que Saint-Denis et les Saint-Denisiennes, et cette croix que nous voyons partout nous est très fort dans le cœur.

Quai d'Orsay, nous nous arrêtons et nous changeons de conducteur. A la porte de l'Élysée nous descendons un peu tremblantes, nous formons nos rangs, très correctes, et le général Février, son beau grand-cordon en travers de la poitrine, prend la tête de son petit monde.

A cette minute, positivement, j'ai senti que Napoléon était un peu avec nous. Ne ris pas, Luce, je t'assure, il est adoré chez nous. Tu sais qu'il nous appelait ses filles et nous surveillait de très près... J'ai eu froid seulement au cœur quand j'ai pensé aux canotiers. Il ne les aurait pas aimés!...

Je suis restée dans ce nuage de griserie et d'héroïsme pendant tout le premier quart d'heure, ravie, soutenue; puis quelque chose m'a fait retomber. Quelque chose de bien vulgaire. Sais-tu quoi, ma pauvre chérie?... Mes souliers... que je regardais pour la première fois depuis le matin avec des yeux devenus conscients de leur effroyable laideur; des yeux qui en voyaient d'autres à présent. De vrais souliers, jolis, coquets, qui marchaient tout autour de moi, qui se posaient sur le sable en y marquant une petite trace, comme une patte de bergeronnette que j'effaçais, moi, en passant et que mon pied cachait toute, comme un pied de paysanne!

Ma joie s'est envolée. Napoléon et Louis XIV se sont retirés de moi, et je me suis sauvée à l'écart!

Qui voudrait s'approcher de moi? qui songerait à me faire danser?...

Oh! pour ces petits talons coquets, ce que j'aurais donné à cette heure!

Les ombrelles claires, les jolies robes; je regardais tout ça sans penser même à la laideur de mon noir; mais mes pieds, c'était une souffrance. Ils s'allongeaient, ils s'allongeaient... Je ne voyais plus qu'eux dans le jardin. Une gaucherie à perdre le sens et à ne pas pouvoir remuer.

Partout l'entrain gagnait, on nous mettait de la fête avec une bonté charmante. Les petites, au buffet, s'escrimaient avec ardeur. Toujours emmenées pour y aller, très sages, Dieu merci, mais les yeux luisants de plaisir.

D'autres, des grandes, dansaient déjà, en insouciance parfaite des galoches qu'elles traînaient. Moi, je restais dans mon massif.

Bien sotte! diras-tu. Bien sotte, assurément. Mais il me semblait que je comprenais pour la première fois combien nous étions loin, nous autres, matériellement et moralement, des gens qui vivent dans le monde—j'entends celles qui doivent rester à Saint-Denis pour toujours—que ce massif était la Maison, et que pas plus dans l'un que dans l'autre, nul ne viendrait jamais me chercher!... C'était triste, ma chérie!...

—Voulez-vous, mademoiselle, me permettre de vous demander cette valse?

C'était un polytechnicien approché à tout petits pas; nullement amené par un officier, mais arrivé de sa volonté, l'air tranquille autant que j'étais effarée et désorientée, et qui attendait ma réponse!...

J'ai cru voir l'ange de Tobie me tendre la main!... mais comme toi, dans l'excès de ta joie, ma crise de mélancolie me rendait tout mot impossible, et je faisais seulement: «Non, non», en y ajoutant un sourire pour n'avoir pas l'air d'une idiote amenée de l'infirmerie.

—Quoi? Vous ne savez pas danser, on ne vous apprend pas ça là-bas?... Je me charge de vous conduire...

Et comme je protestais encore:

—Qu'est-ce qui peut vous empêcher?... On ne vous l'a pas défendu?...

Mon ange était raisonneur et voulait savoir les pourquoi?... Et j'ai avoué mon souci; pas complètement, comme tu penses, avec mes noires idées d'avenir... Ma peine de coquette seulement.

—Eh bien! nous danserons sur l'herbe, a-t-il dit en riant comme un fou. Ils ne tiendront pas toute la pelouse ces souliers d'ordonnance!... Et vous verrez comme il fait bon.

Et il faisait bon en effet.

Danser la nuit peut être exquis. Mais, Lucette, danser le jour, tantôt dans un rayon de soleil qui rend les yeux clairs et riants; tantôt dans un coin bien à l'ombre, qui a un air tout mystérieux, parce qu'on y est presque seuls à deux...

Les feuilles qui remuent doucement, pas de tapage sur un parquet, et ce vent frais sur les joues!...

Veux-tu nous faire bergères, Luce? et nous danserons tous les dimanches, comme j'ai dansé hier!... Tu amèneras ton beau valseur.

Entre temps, nous marchions un peu, pour nous reposer en causant... J'ai parlé beaucoup, je crois. Il m'a fait dire ce qu'il voulait.

Ma vie, mon nom, mon pauvre père, que le sien a connu jadis...

On est frères dans l'armée, tu sais;—pas les enfants heureusement!—et on se sent tout de suite liés.

Passé commun, avenir pareil, dont on parle du même ton et avec le même enthousiasme.

Avec lui j'osais, sans gêne, reprendre mes grandes ardeurs.

Nous nous servions des mêmes mots. Nous croyons les mêmes choses.

Je lui ai confié notre arrivée. Cette fierté en entrant qui m'avait remué le cœur pour tout ce que nous rappelions... Et puis aussi les choses drôles... La soie de nos coutures, qu'il avoua ne pas remarquer; l'agitation des jours d'avant... Toutes les folies que je t'ai dites.
Puis comme ça me ramenait naturellement à mes souliers, à mes déplorables souliers! je lui ai fait la question qui me tourmentait depuis une heure et qui était le pourquoi de sa venue subite près de moi... Pitié?... Curiosité?... Quoi?... Il s'est assez fait prier, et m'a répondu par morceaux.
—Parce que j'étais enchanté de rencontrer quelqu'un qui avait plus peur que moi, a-t-il dit d'abord en riant.
Peur, avec cet air net et tranquille, ce n'était guère probable, n'est-ce pas?
—Eh bien! a-t-il repris vivement, parce que je vous trouvais jolie, craintive et attristée, vous enfonçant dans ce buisson.
Et comme je me taisais, n'osant plus rien ajouter:
—Et aussi,—a-t-il continué, mais sans rire du tout cette fois,—pour vous connaître vite beaucoup, et pouvoir vous demander de vous revoir chez votre tante.
Crois-tu à mon empereur, aux mots qui appellent les bons sorts; à ce que c'est joli la vie?...
Je t'adore, ma chérie! Je t'adore, je t'adore!...

HÉLÈNE.

PETITE PLAGE

Saint-Pair, 5 août 1896.

SI nous essayions d'une petite plage cette année? avait dit maman. D'un petit coin, pas joli, pas connu du tout, où nous vivions «une» fois tranquillement, sans casino ni pique-niques...

—Alors cela vaudrait la peine de quitter Paris, avait répondu papa d'un ton joyeux.

Et ni l'un ni l'autre ne disant leur vraie pensée, ni l'un ni l'autre, lassés du casino et des amis; ni l'un ni l'autre, et bien moins encore, joyeux! ils avaient pris une carte, et cherché le petit coin «pas joli» où ils désiraient soudainement aller.

La vérité est qu'ils voulaient donner à tout le monde le temps de ne plus parler de ce mariage que l'on vient de me forcer à rompre; et à moi le calme et l'éloignement nécessaires pour me faire oublier le fiancé qu'on m'a enlevé—en admettant que cela s'oublie,—ce qui est encore tout autre chose que de le faire oublier au voisin, je crois...

Pauvre calmant et mauvais antidote, que la liberté de penser éternellement, de ne penser qu'à une même chose, avec l'accompagnement le plus mélancolique qui existe, et la vision la plus propre à mener au rêve!...

Jamais nous n'en parlons entre nous. Assurément, personne ici ne prononcera son nom inopinément devant moi. Mais, est-ce avec les autres qu'on parle des sentiments profonds, surtout quand ces sentiments sont douloureux? Est-ce de la bouche d'un maladroit que j'ai besoin d'entendre sortir ce nom, pour que chacune de ses syllabes me sonne aux oreilles?...

Enfin, c'est un bienfait pourtant que la solitude véritable. J'ai promis de tâcher d'y chercher tout l'adoucissement qui peut s'y trouver...

Hélas! j'y trouve aussi le mot actuel de ma vie, le «je suis seule» avec son autre sens; et ce n'est pas la bonne solitude, ça. C'est l'amertume intense, et la révolte continuelle.

7 août.

Le chemin de fer n'arrive pas ici. On quitte le train à Granville. C'est là qu'est venu nous prendre Coursin, le voiturier, pour nous conduire chez nous en une demi-heure.

La route est jolie, découverte, côtoyant la mer en hauteur.

Rien de grandiose ni de pittoresque; mais une gaieté et une lumière dont l'éclat, peut-être particulier le jour de notre arrivée, m'irritait, pendant que notre petit break roulait au milieu.

Des prés très verts, coupés de haies d'où partent les arbres qui font les chemins du pays ombragés et joliment encaissés.

A gauche, un peu avant l'arrivée, une avenue qui mène à une sorte de château gris, qui n'est peut-être qu'une grande ferme délabrée, et met enfin dans ce vert et ce bleu une note terne. Puis les villas commencent des deux côtés de la route.

Une mare en forme de bénitier, où des canards barbotent. Un joli moulin. C'est Saint-Pair.

La plage de sable est belle, assez morne et indéfinie. Des deux côtés, des falaises en terre qui s'éboulent par place, et sur le sommet desquelles serpente un petit chemin gazonné que j'aime à l'heure de la haute mer.

De gros rochers par-ci par-là. Beaucoup d'horizon. On voit et on pense loin.

Point de bateaux, point de pêcheurs, rien de l'animation de la mer telle que je l'ai vue toujours. C'est la grande privation de mon pauvre père, pas de port! Il sera souvent à Granville, je crois.

10 août.

L'église est vieille, très vieille et jolie.

Autour est le cimetière, comme dans la plupart des villages.

Des croix renversées, de la mousse, des herbes et des orties. J'ai toujours été frappée de voir combien, à la campagne, les tombes sont abandonnées. Est-ce le temps qui manque pour les soigner? Une espèce d'indifférence de «d'après»?...—On y est plus religieux que dans les villes cependant, et on l'est ici extraordinairement.—Ou plus de résignation aux choses de la nature?... On naît, on meurt; cela doit être?...

Nulle part le culte des morts n'est plus fervent ni plus fidèle qu'à Paris; mais peut-être est-ce une sorte de culte particulier qui s'adresse au souvenir seulement et n'y mêle rien de religieux.

Quoi qu'il en soit, la vue est charmante depuis ce cimetière, et je viens souvent m'y asseoir sur le mur, les pieds sur des pierres écroulées.

J'ai pourtant découvert une tombe, parmi toute cette dévastation, qui est intacte. C'est un granit entièrement uni, sans nom ni date, et qui porte seulement ceci, comme inscription:

J'ai été ce que vous êtes.
Vous serez ce que je suis.
Songez-y bien!...

S'il a été ce que je suis, ce «il» inconnu, il a souffert; et quand je serai ce qu'il est, j'aurai peut-être la paix complète. C'est meilleur et plus rare que ne le suppose ce prophétique avertisseur. Pourquoi n'y songerais-je pas?...

Dans l'église sont les cinq tombeaux des cinq apôtres du pays: saint Pair—ou saint Patern—comme dit le bon curé chaque fois qu'il prêche; saint Scubilion, saint Aroast, saint Sénié et saint Gaud, sous le patronage, l'invocation et la pensée desquels nous vivons constamment.

Je m'explique mieux à présent le nombre prodigieux de villas qui portent ici des noms de saints ou de saintes!...

Pas une quête qui ne soit faite en leur nom, pas un sermon où ils ne soient rappelés à la mémoire des fidèles; et jamais l'un n'est nommé sans que tous les autres le soient aussi.

Pourquoi prêche-t-on dans les campagnes avec tant d'emphase et de mots confus?

Si je pouvais monter en chaire, il me semble que je ferais un si bon sermon! Tout court, tout simple... Je dirais à ceux qui m'écoutent:

—Vous êtes tous, mes pauvres enfants, presque tous, presque toujours, bien malheureux!... j'ai bien pitié!...

Et puis pour les encouragements et les exemples d'abnégation, il me faudrait aussi revenir à saint Pair, saint Aroast, ou d'autres sans doute qui ont souffert, et souffert bravement.

Venus jadis, dans la sauvagerie et la solitude presque absolues de ce coin de la côte, pour évangéliser les rares habitants qui s'y trouvaient, ils y pensèrent périr de soif, après des peines de toutes sortes. Puis au bout d'une longue patience, saint Pair ayant prié, une source jaillit près de lui, et c'est l'eau que nous buvons encore.

Que ne l'a-t-il demandée donnant l'oubli!...

Leurs tombeaux en pierre dure, dont l'usure brille comme du marbre, sont presque entiers.

Le seul saint Gaud est représenté par une statue neuve. Crossé, mitré, enluminé, chargé d'ors et de mauvais goût. Aussi on pense l'admiration et la considération qui vont à lui!...

13 août.

Un des charmes de la liberté d'ici, c'est l'emploi de nos soirées, que nous passons sur la plage.

Pas de lumières, peu de va-et-vient. Des groupes confus, qui font comme nous et qui respirent.

Le temps est d'une douceur extrême, et le sable reste si chaud, même après le soleil couché, qu'on peut s'y asseoir ou s'y étendre sans éprouver l'ombre de fraîcheur.

C'était hier le 12 août. La nuit de la pluie d'étoiles, et je n'ai rien vu de si beau.

Couchée, mon plaid sous ma tête, sans autre horizon que le ciel, avec ce bruit d'eau éternel, qui revient toujours dans le même temps, avec le même choc, je n'avais plus ni pensées, ni paroles; j'étais toute dans mes yeux et mes oreilles. Et plus je regardais, plus ce nombre incroyable d'étoiles augmentait. Elles semblaient surgir du ciel, comme des bulles montent de l'eau.

Puis tout à coup une d'elles se détachait, glissait au milieu du scintillement; et sa chute avait tant de douceur que, malgré la distance, c'était le silence de son mouvement qui m'étonnait et me ravissait le plus. Puis d'autres encore repassaient, et le mot de «pluie» était littéral.

Oh! l'admirable soirée! Si mélancolique et pas attristante! Pas attristante enfin à la façon de ces bandes qui nous ont envahis après. Les choses sont tellement moins pénibles que les gens!

Ils étaient là une vingtaine, gâtant la nuit et le calme par un grand feu qui éclairait tout, et des cris d'orfraies.

Ils ont fini par danser autour, en se tenant par la main, comme des sauvages qu'ils étaient; puis ils sont partis en chantant.

On chante beaucoup ici d'ailleurs, sur les routes, sur la plage. En marchant et assis, tous les refrains en canons, toutes les rondes d'enfants, tous les airs populaires. C'est une bonhomie et un chez-soi dont rien ne m'avait donné l'idée; et de loin cela n'est pas laid.

Pour le bain, il en va de même.

A moins que la distance ne devienne une fatigue, on se déshabille au logis tranquillement; et il n'y a rien de plus comique, que de voir dans la rue les rencontres et les causeries, des peignoirs et des bonnets amis...

Jambes à l'air; caoutchouc tiré jusqu'aux sourcils; si paisibles et si ridicules... Se reconduisant, s'attendant!...

Et encore est-ce leur beau moment!

Il faut les voir au retour. Les lèvres bleues, les joues marbrées, lancés au trot, de peur du froid; le peignoir claquant sur les chevilles, laissant deux traces d'eau sur la poussière de la route!...

Mon Dieu! ce serait si bon pourtant de rire sans amertume!

J'ai de tout, des êtres et des actes, une irritation, une impatience, un sentiment agressif et mauvais, que je voudrais leur montrer pour les blesser!

18 août.

C'est joli, Granville. Une petite ville étroite et noire dans sa vieille partie; mais très pittoresque, et partout animée, gaie et populeuse.

D'anciennes maisons, de petits passages, des rues qui grimpent!...

Une surtout, avec un parapet sur la gauche, la vue de la mer et des bateaux, et vers le milieu de la montée, une porte en pierres qu'on passe; à demander le chevalier du guet!

Nous n'avons pas tardé à le rencontrer d'ailleurs, le guet, au grand complet; car cette rue d'aspect moyenâgeux, menait bonnement au marché, et tous les officiers de la garnison y faisaient, je crois, ce que nous y allions faire nous-mêmes et flânaient par groupes.

Assises sur leurs talons, les marchandes d'œufs et de légumes les interpellaient gravement. Mais nous n'étions guère meilleurs clients les uns que les autres, et ils riaient en les regardant.

Le port est bien; la plage ordinaire, toute petite, je crois. Je l'ai peu vue, elle m'a fait fuir.

On y arrive par une porte ouverte dans le rempart. On croit entrer dans un jardin. On trouve des tentes, des cabines, et la mer devant soi. Et comme c'était l'heure du bain, cela fourmillait de monde. Des toilettes claires, des femmes élégantes, des hommes qui causaient près d'elles... Chaque tournure m'en rappelait une autre que ma pensée évoque bien seule; mais qui, au milieu de cette vie, reprenait sa réalité, et me donnait la sensation de son existence, dans ce même instant, quelque part, d'une façon trop douloureuse!...

J'ai dit que j'étais fatiguée, et nous nous en sommes allées; maman attristée de mon assombrissement subit, mais avec cette pointe d'étonnement qu'elle ne peut s'empêcher d'avoir quand elle me voit retomber tout à coup.

Parce que j'ai échappé, affirme-t-on, à un avenir de chagrin, il semble que ma peine actuelle soit supprimée.

Qui sait ce qu'aurait été l'avenir? et les jours présents sont si durs!...

Avoir vécu un mois de cette vie d'intimité, avoir vu près de soi un homme que tout le monde trouvait naturel qu'on s'habituât à préférer aux plus aimés de ceux qu'on aime; et du soir au lendemain n'être plus rien l'un pour l'autre!...

Songe-t-on ce que c'est qu'une rupture à ce moment des fiançailles?...

Sait-on ce qu'on a donné de soi, livré de ses sentiments les plus intimes, de ceux qu'on avait réservés de tout temps pour cet instant-là et pour cet homme-là, et qu'il emporte en s'en allant!...

Si j'aimais mieux souffrir par lui!...

Pourquoi appliquer toujours, à toute douleur, en guise de consolations, l'exemple de douleurs semblables subies et oubliées? Qui peut m'assurer que ma tête et mon cœur seront identiques dans le chagrin à d'autres cœurs, quand pour les moindres sensations ils en diffèrent?...

25 août.

Deux fois la mer phosphorescente, et avec des vagues assez fortes.

Je ne l'avais jamais vue nulle part, et c'est charmant. Une eau où serait tombée la lune, et qui la remue en tous sens.

Prises dans un verre, les petites bêtes qui causent tout cet éclat brillent encore un instant; puis on n'a plus rien, qu'un liquide trouble, et de vilains animaux gris tombés au fond.

On gâte donc tout en fermant la main dessus.

2 septembre.

La fureur est aux cerfs-volants dans ce moment. C'est une rage, une passion.

On ne voit en l'air que poissons, papillons, oiseaux, démesurés, de toutes les couleurs les plus violentes, traînant leurs queues en papier...

Par terre des gens à quatre pattes occupés à démêler leur ficelle dans laquelle on se prend les pieds, et qu'ils rebobinent en gémissant, parce qu'ils perdent le meilleur coup de vent!...

Sans se connaître, sans se parler, on suit les cerfs-volants rivaux. On prend parti. Le dernier fait est extravagant. Pas un enfant ne pourrait le lancer, et ce sont d'ailleurs les hommes, pères ou amis, dans leur désœuvrement, qui construisent, qui enluminent, et qui courent éperdument.

Il y a dans cet endroit restreint une sorte de courant de sympathie, de sociabilité au moins, tout à fait inconnu ailleurs, et nous nous amusons tous de la mode.

Inutile de dire que c'est la seule, du reste, qu'on suive sérieusement ici. Pas l'ombre de toilette.

Le matin on met sa robe, le lendemain on la remet; et puis voilà. Ça repose.

8 septembre.

Nous avons été hier à Carolle, «la petite Suisse», comme on dit ici.

Bien petite en effet, et où il faudrait couper les gens en quatre pour en faire des habitants proportionnés au pays.

Un joli vallon boisé, qu'on descend et qu'on remonte. Une falaise très élevée, quand on revient par la plage. De gros rochers en bas. Une certaine sauvagerie.

Mais ce qu'il y a de mieux, et dont personne ne vous parle, c'est un abri de douanier, sur le chemin de la falaise, et d'où la vue est merveilleuse.

Je me figurais ce recoin, par une des tempêtes d'hiver, et l'homme dedans; et les autres, ceux assez hardis pour tenter quelque chose par là, et avoir rendu nécessaire qu'on gardât de pareils endroits... Quelles gens ce doit être!...

9 septembre.

Encore une fête d'un de nos cinq patrons, saint Scubilion, je crois, et un panégyrique, qui nous les remet tous en mémoire!... Mais je suis réconciliée avec eux.
Depuis que j'ai lu, je ne sais où, qu'il arrivait que saint François de Sales trichât au jeu, qu'il s'en excusait en disant que l'argent était pour les pauvres, ce qui était vrai, car il leur donnait tout ce qu'il gagnait, mais que la passion était si forte qu'il recommençait le lendemain, les grandes vertus me font moins peur.
Puisqu'elles ont connu d'aussi petites misères que nous, je pense qu'elles nous seront indulgentes.

15 septembre.

Nous quittons Saint-Pair tout à l'heure.
Mon pauvre père a déjà trop sacrifié de sa chasse en Sologne. Il faut partir.
Je m'en vais sans peine ni joie.
Ces six semaines m'ont-elles fait du bien?... Ne m'a-t-on pas laissée trop libre, et mes va-et-vient solitaires n'entretenaient-ils pas ma peine?... La mer n'est-elle pas la plus énervante et la plus mauvaise des compagnes?... Je lis tout ça dans les yeux soucieux qui m'interrogent tendrement.
Hélas! ce ne sont pas les choses qui sont gaies ou tristes.

Nous y trouvons ce que nous y mettons, et la façon dont nous les voyons s'emporte partout avec soi.

LE CHEVAL DU MARECHAL

—VAS-Y, toi... disait la femme.

—Non, toi. Tu parleras mieux...

Et tout d'un coup, sans répliquer, elle était partie en courant.

Trente pas dans le corridor sombre. Six marches à descendre pour se trouver au niveau des mansardes du devant; celles qui donnaient sur la rue, et avaient de vraies fenêtres, et, en face de la porte, son hésitation peureuse la reprit.

Puis, au fond de cette obscurité laissée derrière elle, on entendit la toux de l'enfant, et, le doigt crispé par l'angoisse, elle frappa deux coups de suite.

Dans la chambre où elle entrait, sans même attendre de réponse, un singulier spectacle l'accueillit.

Debout sur une chaise, posée au milieu de la pièce, un jeune homme s'efforçait de mirer l'ensemble de sa personne dans une toute petite glace placée très haut. Manœuvre délicate, à laquelle il tentait de suppléer à force d'adresse.

Mais de quelque façon qu'il s'y prît: en se baissant, en se reculant; en se dressant de toute sa vigueur sur la pointe de ses pieds, il n'y avait jamais dans le cadre doré qu'une tranche de son individu, présenté successivement à ses yeux, comme une image déroulée, sans qu'il lui fût possible d'en apprécier l'harmonie générale.

Insensible au bruit extérieur comme à l'inanité de ses essais, il avait laissé sa porte s'ouvrir et se refermer sans l'entendre, ni suspendre un moment sa chimérique tentative, et c'était seulement après le passage éclatant de son plastron, quand sa figure barbue et riante, toute tendue par ses efforts, était revenue se refléter dans la glace, qu'il avait aperçu deux yeux derrière les siens. Deux yeux qui le suivaient ardemment; sans sourire, sans pensée, d'un regard à la fois si tenace et si absent que Philippe s'était retourné, nerveusement impressionné, anxieux de ce qu'il allait voir.

Mais la femme, debout à ses pieds, n'avait rien que de fort réel, et l'attitude de son corps, autant que la timidité de sa figure, levée vers lui, démentait la volonté de ses yeux; lui laissant toute son incertitude de suppliante.

Un instant il l'examina, toujours très grave sur son perchoir, puis il sauta sur ses pieds et sa question se croisa avec ce que l'inconnue balbutiait elle-même.

—Vous demandez?...

—C'est pour le petit.

—Pour... le... petit?

Entre son frémissement à elle, et sa voix à lui, répétant avec lenteur en interrogation ces trois mêmes mots, quelle distance!

Et de nouveau, reprise de découragement, elle retomba dans le silence épeuré de son entrée, faute de mots, pour la difficulté matérielle de s'exprimer.

Avec ce nœud dans la gorge, comment expliquer ce malaise de l'enfant, incertain depuis quelques jours, aggravé tout d'un coup ce soir-là, d'une façon terrible. L'étouffement, la fièvre qui augmentait. Cette plainte continue qui jetait le père hors de la chambre, les deux mains sur les oreilles pour ne plus entendre. Leur impuissance devant ce mal, qu'ils voyaient bien sans le comprendre. Les courses chez les médecins, les cruelles courses sans résultats, parce que les uns disaient: «demain», parlaient de l'hôpital; parce que d'autres étaient sortis. Chaque retour après ces déboires. Puis dès qu'ils étaient rassis tous les deux, le père et la mère, contre le lit, l'horreur de leur inaction en regardant la souffrance grandir, pendant que l'heure marchait toujours, les entraînait dans la nuit, et rendait tout secours plus improbable, avec chaque minute qui passait. Les tortures de cette soirée enfin, jusqu'à l'instant où ce dernier espoir l'avait redressée sur ses pieds, et l'amenait en courant près de lui «le petit médecin» comme on l'appelait dans ce corridor des mansardes, qui était là et qui les sauverait...

Pareille angoisse pouvait-elle déchirer un cœur humain, sans que le cri en jaillit directement, se passant de cette langue séchée, qui restait morte au fond de la bouche?

Et les yeux de la pauvre créature tournaient autour de cette chambre, cherchant une aide dans les choses, pendant que Philippe, qui comprenait peu à peu ce qu'on attendait de lui, passait avec mélancolie une même revue de son logis.

Chambre quelconque d'étudiant, précédée des cent trente-sept marches des six étages qu'elle dominait. Large de cinq pas. Longue de sept.

Un lit de fer, des chaises de paille, une cuvette sur un rayonnage, une caisse, jadis pleine de livres, muée depuis ingénieusement en armoire, la meublaient sobrement.

Objets essentiels et frustes, bientôt jetés dans l'oubli d'ailleurs, quand l'œil du visiteur parvenait jusqu'aux murs. La jeunesse, la gaieté, la vraie personnalité de cet endroit.

Dessins et pochades, art mystique et fantaisies outrées, placardés, peints ou charbonnés sur le vert tendre de la muraille, s'épanouissaient dans un pêle-mêle, qui faisait le plus grand honneur à la variété d'esprit de leur heureux propriétaire, si ce n'était pas simplement au nombre énorme de ses amis.

Sentences rimées. Comptes affolés de fin de mois aux insolubles additions. Récits dramatiques, soudain coupés, comme le plus astucieux feuilleton. Adresses données. Rendez-vous pris. Communications par voie d'affiche; rébus, refrains du jour, se pressaient là, envahissant peu à peu jusqu'aux prairies des paysages, et aux bonshommes des grandes peintures. Étonnant l'œil, fouettant l'esprit; laissant comme un son prolongé des folies et des dires, dont ils étaient les traces et les témoins.

Pourtant ce n'était pas de ces murs prestigieux que la chambrette recevait ce soir-là son caractère principal; et pas davantage sur eux que se fixait l'œil soucieux de Philippe.

Un souffle mondain emplissait tout le petit réduit, avec un désordre et un mouvement de toilette, impossibles à méconnaître, malgré la modestie de leurs éléments, et pour lesquels on avait utilisé les moindres et les plus diverses ressources du ménage.

Miroir, brosses, flacons, avaient envahi la grande table, où les livres ne servaient plus que de haussoirs ou d'appuyoirs.

Au pied du lit, tout prêts à mettre, le chapeau et le paletot.

Des gants blancs, sur des notes de cours, qu'ils fermaient symboliquement.

Un petit cornet de papier, qui sentait bon le poivre et l'œillet, pour avoir contenu la fleur mise à présent sur l'habit, coiffait gentiment l'encrier, et, bien en vue, hors de son enveloppe moirée, une carte d'invitation. Soit qu'elle fût nécessaire pour entrer où allait Philippe, soit qu'elle lui représentât seulement, comme à Cendrillon, sa pantoufle, l'histoire et l'espoir de sa soirée.

Premier bal. Premier habit surtout, acquis par le jeune homme, ainsi que ses accessoires obligés, au prix de plus d'une privation.

Source de rêve, d'attente, d'émotion vraie, d'enfantillage, et aussi de cette fierté joyeuse que donne chaque nouvelle étape de la vie, tant qu'on les monte. Et c'était un tel moment que choisissait cette créature!... Et tous les gens du voisinage allaient venir le chercher comme ça, pour chacune de leurs misères, avant qu'il eût même fini sa première année de médecine?...

Les yeux des deux singuliers interlocuteurs, chacun ayant achevé sa revue circulaire, se rencontrèrent à cet instant, et une véritable fureur saisit Philippe en retrouvant là sa solliciteuse, passive et suppliante.

Allait-elle rester toute la nuit, immobile à cette place, et comment la faire sortir?

Mais avant qu'il eût trouvé le mot sec qui congédie, la main de la femme s'était abattue sur la sienne, en désespoir de tout autre argument, pendant qu'elle murmurait de sa voix blanche:

—Venez le voir.

La résistance matérielle du jeune homme arrêta sa marche vers la porte, et elle éleva un peu le ton pour répéter plus haut:

—Le voir seulement...

Puis il s'était senti la suivre dans l'obscurité.

Brièvement, sans ralentir son allure, elle indiquait les obstacles qui se présentaient: marches à monter, passages resserrés; coupant, sans même les entendre, les protestations de Philippe.

Là-bas la lueur de sa lampe, fusant par sa porte entr'ouverte, rayait la nuit du corridor d'une ligne claire. Mais la rapidité de la course la diminuait si promptement, qu'à peine si Philippe la distinguait en tournant la tête à présent, et une puérile colère l'animait à se voir emmené quand même, par cette volonté taciturne.

Sur les vitres des tabatières un bruit s'entendait, doux et continu. La neige devait tomber.

Comment s'en irait-il maintenant? Trouverait-il dans toutes ses poches de quoi payer une voiture? Et s'il n'y réussissait pas, s'oserait-il présenter avec ses chaussures pleines de boue?

Son attention se surexcitait à suivre ce froissement soyeux, rempli de menaces pour lui, et qu'il était prêt à juger le seul malheur suspendu en ce moment sur cette maison.

Qu'est-ce que ça lui faisait à lui cette femme et son malade?

Il voulait partir, voilà tout, et il le marmottait furieusement, cynique, exaspéré, incrédule surtout.

Assez semblable à un passant qui côtoierait une rivière où se noie quelqu'un, et qui poursuit tranquillement sa promenade, occupé de ses plus petites affaires, jusqu'au moment où il aperçoit le débat de l'homme dans l'eau. Plus excusable en somme, même dans son égoïsme conscient, qu'il ne peut sembler, tellement l'intensité du désir que nous portons en nous, et l'importance qu'il a prise alors à nos yeux, est chose fermée et immesurable pour d'autres.

Seule excuse souvent au mal commis, et seul élément en même temps qu'aucun esprit ne puisse apprécier.

Philippe, d'ailleurs, n'en pensait point si long. Il rageait de la pure et vive colère d'un individu qu'on entraîne où il ne veut pas aller, et qui cherche sournoisement comment il va s'échapper.

Puis il avait senti qu'on lui lâchait la main. Une porte s'était ouverte. La femme avait passé devant lui, le bousculant sans y prendre garde, et, brusquement, toute cette angoisse qui palpitait autour de lui depuis un quart d'heure, sans l'attendrir, était entrée dans son cœur, matériellement, comme un coup reçu dans la poitrine.

Le regard du père, fouillant l'ombre; le geste de la mère, montrant Philippe derrière elle; l'indifférence du petit être, près de qui s'agitaient tant de douleurs, l'avaient pénétré à la fois.

Songer à ce qu'il représentait d'attente et d'espoir, pour ces gens, ce que lui prêtait de force et de puissance cette science qu'on lui supposait, et rien que cette différence de condition entre eux et lui, qui donne, quand elle ne butte pas tout d'abord, une confiance instinctive en des habitudes, des connaissances, une autorité qui vous sont inconnues.

Ce même toit qui les abritait, qui semblait les lier tous; ce mot de voisins, dont les pauvres gens font entre eux quelque chose de si large et de si vraiment fraternel.

Tout cela éclatait à ses oreilles. Une honte horrible le saisissait, avec une ardeur de dévouement, avide de s'employer.

Il voyait son noyé maintenant, et n'entendait pas le laisser couler. Aussi, fermant promptement la porte, Philippe s'approcha-t-il du lit, avant d'avoir dit un seul mot, et, penché sur lui, commença l'examen de l'enfant. D'un geste il avait demandé la lumière que le père tenait en silence, s'efforçant qu'elle restât droite. Mais sa main tremblait et remuait la lampe malgré lui, et il semblait qu'une âme d'angoisse agitât la flamme elle-même.

A cette lueur mouvante, Philippe palpait le petit, le questionnant avec douceur, effrayé de ce qu'il entrevoyait, pendant que la pauvre mère le regardait sans comprendre, émerveillée de cette bonté, de ce charme soudains, et déjà reprise à l'espoir.

Sans répondre d'une autre façon que par ses gémissements, le petit Jean se dégageait, s'efforçant de repousser ces mains, qui le fatiguaient en le remuant.

Seulement, quand un étouffement survenait, serrant sa gorge brusquement, il ouvrait ses yeux tout grands, avec ce regard de prière que vous jettent les enfants malades, dont l'expression est insoutenable.

Surprise de cette souffrance, que rien ne leur fait comprendre. Surprise encore bien plus grande de voir demeurer vain, un appel éperdu à l'aide. Confiance, et douloureuse attente, qu'on sait ne pouvoir apaiser. C'est là quelque chose d'horrible à rencontrer, et qui faisait involontairement retourner la tête du jeune homme, chaque fois que ses yeux bleus s'ouvraient de cette façon violente, s'attachant à lui.

L'examen de la gorge surtout avait été douloureux.

A force de prière ou d'autorité, la petite bouche souffrante s'entr'ouvrait bien un peu. Mais tout de suite, en arrière, une contraction se produisait, et l'enfant se rejetait sur son lit, pleurant et étouffant.

La grave conviction de Philippe était faite du reste.

Non grâce à sa courte science, mais par une récente expérience du même mal, suivi sur une de ses petites sœurs; et il frissonnait à se rappeler la promptitude de sa marche, les alternatives traversées là-bas, malgré les soins donnés à la fillette, jusqu'à l'heure où le sérum sauveur avait été apporté.

A quelle période était ici ce mal dont il ne savait que la gravité, sans presque connaître aucune de ses phases?

Qu'avait-il pu déterminer de ravages chez ce petit être de misère? Quel parti immédiat fallait-il prendre?

Le sentiment de sa responsabilité, cette nécessité absolue d'agir vite, l'étourdissaient comme un vertige.

Rouler l'enfant dans ses couvertures, le mettre dans une voiture, et le conduire à quelque hôpital où il réussirait bien à le faire admettre sur-le-champ?

Mais dans ce froid, cette neige et ce vent, quels risques ne lui faisait-il pas courir?

Aller lui-même se procurer ce qu'il fallait pour une injection qu'il tenterait assez facilement?—Et pendant son absence, que deviendrait l'enfant, si un étouffement plus violent que ceux dont Philippe était témoin en ce moment, l'étreignait trop longuement?

Non, lui devait rester là. Le père irait chercher ce qui lui était nécessaire.

Aussitôt son parti pris, avec une décision et un sang-froid qui ne devaient plus se démentir durant cette lourde nuit, Philippe prit ses dispositions.

Un instant après, la légère bourse de l'étudiant aux doigts, l'homme filait sous la neige.

Les voitures, rares et très pressées, fuyaient dans la bourrasque blanche, comme si elles espéraient arriver dans un endroit qui fût meilleur, et sa voix les hélait vainement.

Dix fois il tenta, sans succès, d'arrêter au moins l'une d'elles pour expliquer à ces cochers, dont on ne voyait que le dos ployé, ce qu'il voulait; pensant qu'il l'attendrirait. Pas un ne le regardait même. Alors, ne se fiant qu'à ses jambes, aiguillonné par l'image qui ne quittait pas ses yeux: le petit lit où pleurait l'enfant, malgré sa lassitude horrible, il reprit sa course de pauvre bête fatiguée.

Quelques mots écrits par Philippe devaient lui faire remettre, lui avait dit le jeune homme, un instrument dans un étui, et une fiole, haute comme la main, où tenait tout ce qui restait d'espoir, pour le petit. Et il allait.

Pendant ce temps, un bras passé fermement autour des épaules de l'enfant, l'autre main armée d'un crayon noué au bout d'un tampon d'ouate, Philippe nettoyait la gorge encombrée.

Il avait trouvé chez lui, non ce qui convenait le mieux peut-être; mais un désinfectant suffisant pour aider à ce premier débarras, et sans nul espoir de maîtriser de cette façon le mal rapide, il comptait du moins maintenir la respiration possible.

Les gémissements du pauvre petit se mêlaient de toux et de larmes, et quand, à force de se débattre, il parvenait à s'échapper une minute, de la main qui le torturait, ses cris, en éclatant, projetaient en même temps sur Philippe toute l'horrible matière, que le pinceau venait de détacher de sa gorge.

La mère debout, tremblante et muette, l'essuyait d'un geste rapide, sans voix pour l'excuse qu'elle essayait de murmurer, ne se doutant pas, la malheureuse, que c'était bien pis que malpropre ce que l'enfant crachait ainsi sur ce beau garçon vigoureux; et la cruelle tentative recommençait.

Philippe le laissait reposer; un peu de minutes passaient encore; puis l'impitoyable nettoyage et la lutte d'angoisse reprenaient ensemble.

Maintenant c'était fini. Ils ne faisaient plus rien qu'attendre tous les trois. Attendre le père qui semblait bien long, et aurait dû être là à présent, certainement.

Le petit Jean pelotonné, à moitié disparu sous son oreiller, sommeillait en se plaignant, s'efforçant encore de se cacher, même en dormant.

Les yeux ardents de la femme, jamais immobiles, allaient d'un mouvement incessant du lit jusqu'à Philippe et de Philippe sur le lit, modifiant leur expression de douleur ou de prière avec la même rapidité.

Lui se taisait, plein d'angoisse. Il lui semblait que le Destin, oubliant un instant ces gens, l'avait mis là à sa place. Que c'était de lui tout seul qu'ils dépendaient pour cette nuit.

Les terribles responsabilités de la carrière qu'il s'était choisie lui apparaissaient formidables. Il voyait se multiplier toutes les mères et toutes les femmes qui le regardaient dans sa vie, comme celle-là le regardait, et il sentait le cœur lui manquer.

Quand la voix de l'enfant se taisait, on entendait sur les vitres ce même froissement soyeux, plus lourd et plus continu, qui, deux heures auparavant, avait tant tourmenté Philippe.

La neige s'épaississait toujours. De là le retard de l'homme, sans doute. Comme cela se prolongeait pourtant! Encore un peu de cette attente et tout deviendrait inutile.

Ce silence prodigieux qui succède au bruit de Paris dès que les voitures roulent sur cette couche molle, accentuait singulièrement l'angoisse haletant dans la mansarde.

Elle semblait éloignée de tout, solitaire, sans espoir. On ne sentait plus alentour ni ville ni humains. Rien qu'eux trois, et la mort pas loin.

Un bruit de pas dans le corridor rompit l'horrible malaise qui paralysait Philippe.

Il courut à la porte. C'était bien le père qui rentrait, les vêtements ruisselants d'eau froide, le visage et les mains mouillés de sueur, avec dans la poche de sa veste la seringue et le tube que le jeune homme prit d'un seul geste, se hâtant de tout préparer, sans entendre ce que la pauvre voix bredouillante du malheureux essayait d'expliquer sur sa course, son retard et l'état de la rue.

Son corps tremblait si fort qu'il communiquait son mouvement à la chaise où il était tombé, et qu'ils avaient l'air, elle et lui, secoués de quelque fièvre terrible ou d'une terreur fantastique.

Très réveillé tout d'un coup, avec la confuse certitude que quelque nouvelle torture se préparait pour lui, le petit Jean suivait peureusement tout ce que faisait Philippe, les yeux mi-clos, pour qu'on ne vît pas qu'il regardait. Et sans bruit, par retraits prudents, il s'enfonçait encore dans son lit, le corps coulé à demi dans la ruelle, les deux bras solidement passés dans les barreaux en bois qui l'entouraient comme la cage d'un petit poussin véritable, prêt à une lutte, de toute sa force, pour ne pas subir encore ce qu'on lui avait fait tout à l'heure. De sorte qu'au moment où Philippe, qui s'approchait très doucement, sa seringue chargée dans la main, comptant sur le sommeil de l'enfant pour faire la piqûre sans presque qu'il s'en aperçût, était arrivé près du lit, de furieuses clameurs avaient éclaté, pendant que le petit corps, tendu par les pieds et par les bras, commençait à se tordre, se mouvant avec une rapidité et un désordre si changeants qu'il était impossible d'en atteindre sûrement la moindre partie.

—Jean!... Jean!... suppliait la mère impuissante à arrêter ces membres agiles que la peur rendait fous et forts.

—Ce n'est rien. Je ne te ferai pas mal, protestait vainement Philippe. Je ne t'ouvrirai pas la bouche. C'est là, sur le ventre, que je vais mettre mon remède, et tu seras guéri demain. Crois-moi... crois-moi, mon petit homme.

Mais le petit homme avait trop de présentes raisons de douter de ce bourreau, comme des supplications de sa mère, pour se fier à ce qu'on lui disait, bien plus certain d'échapper à ce pinceau cruel, qu'on cachait sans doute quelque part, tant qu'il continuerait ses cris et ses sauts furieux.

—Je vais vous le tenir, moi, fit l'homme qui intervint et tenta de se mettre debout.

Mais son tremblement qui persistait l'en empêcha.

Il avait sous les genoux comme une coupure qui le fit retomber assis, aussi lourdement que si ses jambes venaient réellement de se détacher.

—Poussez ma chaise, dit-il alors. Les bras sont bons.

Mais il vit qu'il se trompait en essayant de se tirer lui-même.

Ce qu'il aurait pu à son arrivée, dans la surexcitation de son extrême effort physique, lui était impossible à présent dans la détente commencée.

De grosses larmes lui vinrent aux yeux, et se tournant vers l'enfant qui criait toujours follement:

—Toi, Jean, lui dit-il à son tour, toi qui veux être soldat, tu n'es pas plus brave que ça? Et quand ce seront les Prussiens? Et quand tu te battras avec eux?...

Mais avant cette bataille future, il en sentait une autre, le pauvre homme, si proche et terrible à livrer, que sa voix tomba tout à coup.

Philippe, à sa place d'ailleurs, chapitrait déjà son irascible malade, essayant de son éloquence.

Tenter une piqûre délicate à faire en maîtrisant l'enfant d'une main, pendant qu'il opérerait de l'autre, comme il avait agi précédemment pour les nettoyages, où un mouvement inattendu était sans danger, n'était plus possible ici. Il restait la persuasion, dût-on perdre un peu de ce précieux temps dont la dépense était si grave.

—Écoute, mon petit Jean, fit-il donc doucement en s'asseyant près du lit. N'aie pas peur. J'ai les deux mains vides. Regarde? Je ne te ferai rien maintenant. Je veux te raconter une histoire. Tu veux être soldat, vraiment?

Las de ses cris, surpris de ce ton, le petit restait immobile, considérant ces mains ouvertes que le jeune homme levait en parlant, et qui lui promettaient la paix.

Et comme Philippe le pressait, renouvelant sa question:

—Oui, avec un grand chapeau, et un sabre qui fasse du bruit, répondit-il gravement.

—Soldat, un vrai soldat de France, reprit Philippe en insistant. Un qui marche toujours devant? Qui n'a pas peur? Qui n'a pas froid? Qui ne grogne pas quand il manque la soupe?...

Tout étonné, machinalement, le petit hochait la tête à chacune des questions de son bizarre docteur.

—Alors, écoute une histoire.

«Il y avait une fois un soldat, comme celui que je te dis là. Si brave, si bon, qui s'était battu tant de fois, qu'on connaissait son nom partout. Pas rien qu'en France. Dans tout le monde.

«Chaque fois que, dans une bataille, il y avait un endroit terrible, il y courait, passait le premier, au milieu des balles, des boulets, des cris, des sabres qu'on levait. Et ses soldats, qu'il conduisait, et qui adoraient sa bravoure, le suivaient où il voulait, en se disant: «Où il passera, nous passerons bien.» Et un peu de l'armée française entrait comme ça, au plus fort de l'armée ennemie; et comme le reste suivait, c'était nous qui avions la victoire.

«Alors, après la bataille, on donnait au brave officier une médaille, une décoration; qui étaient comme si on avait écrit sur lui ce qu'il avait fait de beau, et que tout le monde le lise; ou bien encore un galon à mettre au bas de ses manches. Et il était devenu lieutenant, commandant, colonel; et d'être appelés seulement «des zouaves de Canrobert» rendait ses hommes fiers comme des rois.

«Puis il était parti ailleurs, où les Français refaisaient la guerre, et il avait recommencé à se battre, à recevoir des blessures; à gagner des batailles; à rendre courageux et décidés tous les soldats qui l'approchaient; à en faire ce qu'il voulait.

«Alors on l'avait nommé général, maréchal. Tout ce qu'on peut devenir de plus. Et depuis les autres pays, on s'était mis aussi à lui envoyer des décorations et des honneurs, parce que, quand on est si brave, même les ennemis vous admirent.

«Enfin, au bout de tout, hélas! pendant sa dernière guerre, où il s'était défendu pourtant aussi fort que jamais, la France avait été si malheureuse, qu'il ne s'en était pas consolé, et que pendant tout le reste de sa vie, il pensait aux petits Français, qui viendraient après lui, qui pourraient recommencer cette guerre-là, et la gagner cette fois.

«Seulement, les petits Français, quand ils sont malades comme toi, feraient de très vilains soldats, si on n'avait pas trouvé un remède, pour les guérir. Un bien singulier remède, mais qui réussit toujours.

«On prend un peu de sang à un bon cheval qui se laisse faire. On le met comme je t'ai dit, là, sur le ventre du malade, et le petit peut grandir.

«Or, sais-tu bien, toi, d'où vient le sang que je t'apporte?

«Pour aller dans tant d'endroits, à tant de guerres et de batailles, ce grand soldat, dont je te parle, avait un cheval, comme tu penses. Un beau cheval qu'il aimait bien et qu'il avait toujours gardé, même quand, lui, était devenu trop vieux pour pouvoir monter dessus.

«Mais voilà, qu'il n'y a pas longtemps, une des blessures du maréchal s'est rouverte tout d'un coup, comme elle était le jour où une balle la lui avait faite. Et il est mort.

«Le beau cheval est resté, et les enfants du maréchal l'auraient bien gardé toujours. Mais ils ont voulu faire une chose qui aurait touché leur père, plus encore que de voir aimer et choyer son vieil ami. Et, se rappelant sa grande tendresse pour les petits Français de l'avenir, ils ont envoyé son cheval dans la maison où s'apprête le remède merveilleux pour qu'il guérisse beaucoup d'enfants, tout le temps qu'il vivra encore, et prépare beaucoup de soldats!...»

*
* *

Fasciné, redevenu tranquille, le petit Jean écoutait; ses yeux bleus—vrai bleu de Gaulois—ouverts bien larges, devant l'histoire magnifique, qu'il voyait vivre, comme les enfants voient les choses.

—Et toi, cria-t-il à Philippe, tu seras soldat aussi?...

Et le jeune homme, oubliant à qui il parlait, ému lui-même, grisé de belles choses et d'émotion, repris par son rêve d'enthousiasme, répondit, comme si le petit le comprenait:

—Non! moi je ferai meilleur encore. Je soignerai. Je guérirai; je garderai tous ceux qu'on aime...

Chacun poursuivant sa chimère, ils se turent tous deux un moment. Le petit gagnant sa bataille. Le grand, plus difficile encore.

La générosité dans ce qu'elle a de plus pur, de plus héroïque, de plus exalté, palpitant autour d'eux. Puis Philippe s'était repris, et se penchant sur le lit:

—A présent, veux-tu mon remède? avait-il demandé à l'enfant.

Et Jean, embrouillant tout, mais repoussant lui-même sa couverture, avait répondu vivement:

—Mets-moi du sang du maréchal!...

. . . .

Le lendemain, Philippe, frissonnant, s'était réveillé sur sa chaise, les reins brisés et la tête vague.

Quelle nuit que celle qui finissait! Et après la demi-heure d'accalmie, si heureusement gagnée, que de peines et de soins encore, jusqu'à ce que le petit s'endormît!

Par la fenêtre, dans le toit, le jour entrait, blanc et très clair.

Étendu, en face de lui, Philippe voyait son habit, recouvert maternellement par un gros linge bien propre. Dans un verre rempli d'eau, l'œillet trempait sa tige menue.

Sur ses épaules, un châle orange, épinglé sous son menton, lui tenait chaud comme il pouvait.

Sur ses genoux et sur ses pieds, tous les vêtements du logis.

Assis côte à côte, et tournés de manière à voir, à la fois, le lit de l'enfant et l'étudiant, les parents, la main dans la main, les regardaient dormir tous les deux, en retenant mouvements et souffles.

De son premier geste conscient, Philippe prit la main du petit.

Le pouls avait baissé déjà. La peau meilleure, se détendait. Elle cédait un peu sous le doigt.

Son sourire le dit aussitôt, aux yeux qui l'interrogeaient dans une silencieuse ardeur. Puis comme les pauvres êtres tendaient leurs mains vers lui, montrant qu'ils n'osaient pas se lever, et s'embrassaient en pleurant, Philippe avait regardé son châle orange, les jambes de paralytique miséreux; toute sa silhouette attendrissante et ridicule: la tête adorable du petit Jean, éclairée par ce jour neigeux, et sans essayer de le cacher, il avait fait comme les pauvres gens.

CHASSE AUX ALOUETTES

—BLANDINE, vous ne suivrez pas la chasse à cheval aujourd'hui.

—Je vous demande pardon, je la suivrai.

—Ce n'est pas une question que je vous pose.

—C'est une réponse que je vous fais.

—Je viens de dire qu'on ne selle pas *Laly*.

—Je m'arrangerai pour une fois d'*Éclat*, si ça peut vous être agréable.

—Pas plus d'*Éclat* que de tout autre. Vous ne monterez pas cet après-midi.

—Alors je resterai chez moi!...

—Vous dites des enfantillages!... Ne pouvez-vous suivre en voiture?

—Pourquoi pas en chaise à porteurs ou dans les ambulances urbaines?...

—Je ne vois pas ce que la voiture...

—Non! vous ne «voyez» pas, vous qui galoperez où la fantaisie vous poussera, qui sauterez les plus beaux obstacles, et passerez les plus grands fossés, rien que parce que ce seront les plus grands; qui mènerez le train tout le temps, qui serez là, à l'arrivée, au départ, au milieu, et dans les coins encore si ça vous plaît; dans les bandes qui causent et qui traînent!... ce que c'est de s'encaisser dans un landau, entre les coussins, les fourrures et les édredons de madame de Lorne; les malaises et les flacons de madame de Croix-Romain; et les histoires du vieux La Feuillade, qui conte les chasses du roi Henri!...—Il a chassé au vol, cet homme,—pour s'en aller sur une grande bête de route, numéroter les bornes comme un cantonnier, entendre les voix, par hasard, sans pouvoir jamais les suivre, les sonneries... quand ça se trouve, et arriver enfin, la bête servie depuis une demi-heure, et chacun retombé à plat, ou animé par un spectacle qu'on n'a pas vu, et dont les détails insipides pleuvent sur vous à l'instant!

—Vous prendrez la charrette anglaise, vous conduirez vous-même, et vous pourrez passer partout.

—Y compris taillis et sentiers, avec une de ces dames que je serai forcée d'emmener, qui se trouvera une poltronne, et qui criera que je lui romps les os!...

—Pourquoi n'iriez-vous pas toute seule?

—Comme ce serait gracieux pour elles! Une place vide près de moi, et Tomy par derrière, pour les barrières et pour le fleurt!...

—Pour me faire plaisir, Blandine!...

—Non! ne demandez pas ça comme ça. Rien de plus irritant que cette formule!... On vous prive d'un plaisir; on vous propose un sacrifice, et comme on sent que c'est insupportable ce qu'on veut, on ajoute: «Pour me faire plaisir!» de façon que c'est la victime qui prend un air de bourreau, un air de sans-cœur, si elle refuse ce qu'on implore d'elle si gentiment! «Pour me faire plaisir!» Ça vous fera plaisir alors, que je reste seule et que je m'assomme?...

—Vous savez bien...

—Non! je ne sais pas.

—Ma petite Blandine!...

—Et moi je vous dirai: «Mon petit Luc!... Mon cher petit Luc!...» et nous verrons lequel des deux sera le plus petit et le plus gentil!...

—Je comprendrais tout ce que vous dites s'il n'y avait pas de raisons sérieuses!...

—C'est que, justement, je n'en vois point.

—En vérité, vous rendriez fou!... Oui ou non, vous êtes-vous trouvée mal hier en descendant de cheval? Êtes-vous restée dix minutes sur les peaux d'ours du vestibule, avant de reprendre connaissance? Avez-vous convenu après que c'était la fatigue de votre longue course de la journée? et pensez-vous que, cela étant, ce soit raisonnable de recommencer aujourd'hui?...

—Je ne me suis pas trouvée mal en descendant de cheval, vu que j'ai traversé seule toute la cour, et monté toutes les marches du perron. En entrant dans le vestibule, j'ai vu que les murs bougeaient. J'ai demandé à M. de Mortreix, qui marchait à côté de moi:

«—Pensez-vous que l'antichambre tourne?...

«Il m'a regardée, et m'a répondu en mettant son bras derrière mes épaules:

«—Non, l'antichambre ne tourne pas; mais vous allez vous trouver mal, il faut vous étendre à plat...» Et il m'a allongée sur les peaux que vous dites. On s'est approché, on a crié, j'ai senti de l'eau des carmes sur ma langue; du vinaigre dans mes cheveux; de l'eau de Hongrie dans mes oreilles; et tous les flacons de ces dames sous mon nez, mélangés à tourner un cœur de roche.

«—Vous êtes arrivé, vous m'avez prise et portée jusqu'ici. J'étais parfaitement bien; mais verte comme une pelouse. Vous, fâché comme d'une sottise. C'était de peur; c'était très gentil, et je me suis laissé gronder:

«—Ça m'arrivait-il souvent?...

«—Qu'est-ce que je pouvais avoir eu?...

«—C'était la fatigue du cheval!...—moi qui suis montée à huit ans!

«—Je n'ai pas voulu vous contredire; puis je surveillais ma pelouse, que j'avais une peur terrible de voir rester de ce ton printemps. Comme «ça» ne m'était jamais arrivé, j'étais aussi perplexe que vous, sur les suites de l'aventure. Je n'ai donc «convenu» de rien; et si, au lieu de dîner et de danser après aussi gaiement que nous l'avons fait, vous aviez repris votre interrogatoire, je vous aurais trouvé cent raisons qui valaient la vôtre!...

—Dites-les maintenant.

—C'est ridicule, à quoi bon? Quand je vous aurai raconté que j'avais reçu le matin une amazone que j'attendais, et dont le corsage était trop juste; que j'avais décidé de la mettre, et qu'on me l'a boutonnée en prenant mon crochet à bottines; que j'avais fumé à déjeuner une cigarette, et bu sur mon *champagne-cocktail* une tasse de lait; que dans les garnitures de la table, Louis avait mis des fleurs à odeur; que je me suis pincé le doigt—vous pouvez voir, il est tout bleu—au moment où nous descendions, et que j'ai promené tout ça de deux heures à sept heures et demie; ça vous retirera-t-il de l'esprit l'idée que vous croyez vraie, pas parce qu'elle l'est, mais parce que c'est la vôtre?...

—Enfin, puisqu'il y a eu fatigue—mettons pour une cause quelconque—avouez qu'il est plus raisonnable de vous ménager aujourd'hui.

—Mais qui est-ce qui l'est, raisonnable? Pourquoi serais-je raisonnable? Est-ce qu'on l'est à vingt ans, quand on se porte bien et qu'on s'amuse? C'est la vertu des gens qui ne peuvent plus rien faire!...

—Alors, il faut que je le sois pour vous!...

—Ce qui signifie?...

—Que puisque vous ne voulez qu'on vous dise ni «Ma petite Blandine», ni «Faites ça pour moi», ni le faire de vous-même, je vous dirai simplement: Je ne «veux» pas que vous montiez et vous ne monterez pas aujourd'hui.

—Ne me dites pas ce mot-là, Luc!

—Pourquoi ne vous le dirais-je pas?

—Parce que j'en avais envie tout à l'heure, de cette chasse, pas très, pas tant que je le disais. Mais si vous saviez maintenant!... C'est de la fureur, de la crispation!... Vous ne pouvez pas comprendre, vous les hommes, ce que c'est devant une volonté ou un désir véhéments que d'entendre tout à coup ce mot-là, dit sur ce ton-là qui fait mur et qui vous arrête!...

«—C'est à se casser la tête dessus. Ce «plus fort» qu'on sent près de soi, qui a le droit et qui en abuse!...

«C'est le mot qui donne envie de vous braver et de faire des sottises, de vous détester et de vous battre, et d'être très forte pour vous faire mal.

«Le «Je veux» de tendresse, nous le disons et on l'écoute. Mais l'autre, celui qu'on dit pour les choses graves et les choses désagréables, quand on s'aime et quand on ne s'aime plus, c'est méchant et lâche de s'en servir, puisque vous savez bien qu'il réussira!...

«Pas de raisons; pas d'explications...

—Oh! Blandine!...

—Je «veux», voilà tout. C'est brutal!...

Et comme Luc de Versoix protestait d'un geste effaré devant la véhémence de sa femme, elle avait repris, toujours plus violemment:

—Oui! c'est brutal!... Et maintenant, allez-vous-en! Vous avez clos la discussion. Vous êtes le maître, vous l'avez dit. Je ne monterai pas à cheval; mais je n'irai pas en voiture non plus, et je ne paraîtrai pas de la journée! Le repos sera complet comme ça.

—Vous ne ferez pas cette sottise!...

—Et qui donc m'en empêcherait?...

—Songez à ce qu'on penserait.

—Oh! non! je vous jure que je n'y songe pas!...

—Mais que dirai-je, moi, à tout ce monde?...

—Ce que vous voudrez, ce qu'il vous plaira. Je n'ai pas réuni trente personnes chez moi, pour les héberger et les amuser, pour qu'elles me fassent encore la loi! Dites-leur que je suis malade... Dites-leur que je suis morte!... Et je serais enchantée que ça soit vrai!...

Et bondissant de son fauteuil, avec une agilité qui enlevait toute probabilité à ce vœu macabre, Blandine avait disparu, laissant son mari dans sa chambre, où avait eu lieu la discussion, pour s'enfermer dans son petit salon.

Un instant, Luc était demeuré perplexe et immobile, prêt à la rejoindre et à céder. Puis, furieux à son tour, par réflexion, il était entré dans son cabinet de toilette, s'était laissé équiper avec une mine farouche et, sans avoir prononcé un mot, avait rejoint ses hôtes en bas.

Un tumulte de questions, d'exclamations intéressées et attendries était venu jusqu'à Blandine, au moment où son mari avait paru seul; puis un grand piétinement de chevaux, le bruit des voitures qui s'avançaient à leur tour, s'arrêtaient devant le perron et s'éloignaient au trot; puis plus rien, dans tout le château, que le tapage de la colère de Blandine, qu'elle entendait gronder comme un bruit matériel; une marée montante dans ses oreilles et dans son front.

C'était la dixième fois depuis le matin que cette discussion se renouvelait entre elle et Luc.

Plaisante d'abord, tendre et câline ensuite, pour finir par cette violence et cet éclat inattendus; et la jeune femme demeurait aussi saisie du dénouement que si elle n'y eût pas contribué.

Comment en étaient-ils arrivés là?

Regret véritable de manquer cette chasse; esprit de contradiction aiguisé par la lutte; habitude omnipotente qu'on lui cédât toujours; il y avait de tout ça, dans son cas à elle. Craintes sincères seulement, et impatience développée peu à peu chez Luc…

Mariés depuis un an, c'était sinon le premier choc, du moins la première querelle survenue entre eux; et il avait fallu la présence d'étrangers talonnant le jeune mari, l'agacement et la responsabilité de son rôle de maître de maison, pour qu'elle se terminât ainsi.

Libre de son temps, et de sa présence, il eût patienté, temporisé, et plus probablement cédé; soit qu'il eût emmené Blandine, soit qu'il eût renoncé à chasser lui-même.

Mais la possibilité que le maître de la maison, qui était en même temps le maître de l'équipage, se dispensât de paraître ce jour-là?

Seulement, dans son exaspération, Blandine ne voulait tenir compte de rien que de cette volonté rigoureuse, tout à coup exprimée; de ce grand et joyeux tapage du départ, du silence qui venait de lui succéder, et d'elle, dans ce grand château muet, où elle se faisait l'effet d'une abandonnée et d'une victime.

Laissée!… Il l'avait laissée… Il était vraiment parti!… Et c'était surtout l'impuissance de sa fureur qui l'exaspérait.

Entre les deux verrous qu'elle venait de pousser elle-même sur ses deux portes, elle se promenait de long en large, avec toute la rage d'une prisonnière véritable. Prisonnière en effet par l'impossibilité où elle était de rien tenter maintenant…

Les projets et les volontés les plus absurdes lui traversaient l'esprit tour à tour.

Elle allait s'habiller, faire seller son cheval et rejoindre la chasse.

La présence de leurs hôtes lui garantissait un accueil correct de son mari. Ensuite… Eh bien! ensuite, ils s'arrangeraient, elle et lui!…

Ou... mieux encore! Après une visite faite chez quelque voisine éloignée, elle se laisserait retenir à dîner de façon qu'à sa rentrée, ce serait Luc qui à son tour trouverait la maison vide... qui la croirait partie peut-être!... Ou...

Dans le premier quart d'heure, follement, furieusement, elle avait imaginé toutes les vengeances qu'elle pouvait tirer de cet acte intempestif d'autorité; toutes les sottises à faire, sur lesquelles elle raffinait avec jubilation, et ce n'était que la vivacité de ce roulement d'idées, qui l'avait empêchée de passer à l'exécution de quelqu'une d'elles. Puis la réaction des larmes était venue, et ensevelie maintenant dans les coussins soyeux d'une énorme bergère, elle pleurait sans se lasser.

Son petit mouchoir à dentelles, cent fois mouillé, ne se lassait pas plus qu'elle. Froissé, menu, compatissant, il volait d'un œil à l'autre; et c'était le plus délicieux chagrin du monde que celui de cette jolie créature, pelotonnée dans cette soie à fleurs, pleurant avec l'abandon, la violence et la grâce des larmes d'enfant qu'un mot suffit à sécher, mais qui jaillissent en attendant, comme si rien ne devait les arrêter.

Avec ses pleurs, la vivacité combative de son humeur s'écoulait, mais non l'amertume de son esprit, et comme entre deux soupirs l'offense repassait pour la millième fois en flèche dans sa pensée, elle s'était levée tout d'un coup, et d'un ton grave et distinct:

—Alors, ils sauront cela aussi..., avait-elle formulé nettement.

Et tout aussitôt, sans doute pour se mettre en mesure de «les» informer de ce qu'ils devaient savoir, elle avait traversé le salon.

Près de la fenêtre, dans un faible retrait du mur, se trouvait un petit secrétaire dont les cuivres rares et les bois divers, foncés par le temps, brillaient doucement.

Un fauteuil léger à portée de la main; des fleurs sur une table; une statuette sur une console; tous les jolis riens du coin favori, celui dans lequel on vit, où l'on va s'asseoir instinctivement dès qu'on entre dans la pièce.

Arrivée là, d'un coup d'œil prudent, Blandine avait regardé autour d'elle, comme si sa solitude et ses portes closes ne suffisaient plus pour ce qu'elle allait découvrir, et, la clef prise dans l'abri mystérieux d'une triple boîte, elle avait ouvert le meuble.

Il y avait une glace dans le fond, et c'était une chose bizarre et un peu troublante que de se voir écrire et penser, avec ces deux yeux toujours sur soi, dès qu'on levait les siens. Il semblait qu'il fallût là plus de sincérité; qu'un peu de ce mystère, et de ce gardé, qui demeurent dans la pensée humaine à l'instant où elle se livre le plus, tombaient forcément devant ce regard, qui, quoi qu'on en dise, est celui qui vous connaît si bien.

Il y avait plus de sympathie aussi que dans un secrétaire ordinaire. Blandine l'avait éprouvé plus d'une fois; et au premier mouvement de son œil dolent vers la glace, un peu du réconfort habituel lui était venu tout de suite.

Sous le plus grand des tiroirs, quand on l'enlevait entièrement, on découvrait un petit dessin de marqueterie, d'une minutie et d'une finesse extrêmes.

Et quand on appuyait un ongle sur la rosace du centre, un déplacement se faisait, qui mettait à jour un second tiroir de la même taille que le premier.

C'était là que se trouvait ce qu'était venu chercher la jeune femme: un cahier de papier blanc, noué simplement par un gros ruban.

Elle s'était assurée d'abord que plus de la moitié des feuilles, demeurées intactes, allaient lui permettre d'accomplir la menace faite; puis elle l'avait repris, fermé, entre ses doigts, et le regardait maintenant depuis la première page.

Rien sur celle-là. Sur la suivante une date. Sur la troisième enfin, bien détachés du reste, et tracés d'une grande écriture, ces mots:

«J'écris ceci pour mes enfants»; puis, plus bas, les lignes serrées et ininterrompues du récit qui commençait.

Un vague sourire avait passé sur la bouche de Blandine. Elle avait fermé les yeux pour voir si elle se rappelait tout encore, mot à mot, rien qu'en y repensant! Puis cela lui avait semblé trop long, et elle s'était remise à lire.

24 mai 1895.

«J'écris ceci pour mes enfants.

«C'était dans le temps où nous allions en Bourgogne, chez mon oncle de Gameaux, passer la saison des chasses, et il n'y avait rien de plus charmant que ce temps-là chez lui.

«Une liberté! Une gaieté! Une bonne humeur! Un entrain des chasseurs,—les plus convaincus peut-être que j'aie vus de ma vie,—qui se communiquait à nous toutes.

«Ce n'étaient pas nos belles chasses à courre d'à présent, avec la griserie de la vitesse, le train d'élégance, les traditions de luxe, qui en font un plaisir si multiple et si spécial. J'en avais suivi fort peu jusqu'alors; volontiers j'en aurais médit!

«Moi qui dispense à présent—Luc me l'a permis plusieurs fois—l'honneur, fort recherché, du bouton de notre équipage, j'ignorais tout, des phases et des variétés incroyables d'une chasse à courre.

«Achever une bête que des chiens acculent et qu'ils vous présentent demi-morte; quel intérêt?... De ces sottises enfin qu'on dit quand on parle de choses qu'on ignore totalement...

«Nous chassions le renard et le lièvre, dans la petite forêt, tapies derrière ces messieurs, dans les lignes où ils guettaient les pauvres bêtes au passage; quand ils voulaient bien nous emmener, sous promesse d'un silence de nonnes—un peu une chasse de Peaux-Rouges, je trouve,—ou la grosse bête dans la forêt de Velours.

«Nous partions de bonne heure dans les voitures de chasse, somnolentes du côté féminin, et assez mal coiffées,—je me rappelle ce détail;—toutes plus paresseuses que coquettes, paraît-il.

«A Lux, on trouvait le garde et les chiens, et le soleil, en montant, commençait à ranimer les esprits.

«Laissées à quelque étoile, à cause des longues marches qu'on allait faire, nous nous asseyions dans cette mousse merveilleuse, qui donne à la forêt son nom symbolique et charmant; et souvent c'était nous qui voyions passer la bête dans un défaut; ou quelque autre, non suivie, que la chasse faisait fuir et qui s'enfonçait dans la forêt.

«Un froissement de branches, et la douce tête paraissait, avant que le bruit de ses pieds légers nous eût averties... Puis, d'un bond, elle rouvrait le taillis, nous laissant aussi surprises qu'elle, un peu effrayées même... «Si, à sa place, il était sorti un sanglier!...» Seulement le sanglier ne sortait jamais.

«Le retour, par exemple, était tout animation et causerie.

«Le déjeuner, fait dans la grande salle aménagée chez un des gardes, était loin. On avait faim, on avait soif: ce qui, avant de rendre mélancolique et las, rend expansif et bavard... A l'avance, nous expliquions aux jeunes ce qu'il leur restait à faire le soir. Un petit cotillon à improviser; des tableaux vivants, que nous avions imaginés en les attendant; la répétition générale de la comédie en cours.

«Je vois encore une scène de déclaration, très mal dite la veille, que les acteurs placés dans des voitures différentes avaient entrepris de recommencer, pour gagner du temps, pendant que les chevaux marchaient au pas, côte à côte.

«Le trot reprit au moment où le jeune premier, pour ne négliger aucun jeu de scène, mettait un genou en terre et pressait, aussi amoureusement que fictivement, la main qu'il devait baiser le soir!...

«Le premier genou joignit le second, fort rudement, et les deux mains nagèrent devant elles, cherchant un appui. Ce fut le plus bel effet que Michel d'Épeuille obtint jamais...

«Et ce jour d'ouverture où mon oncle déclara en revenant qu'il entendait manger le soir même les perdrix qu'il avait tuées et gardées dans son carnier!...

«Comme on lui rappelait doucement l'humeur d'Honorine, aussi célèbre par sa mauvaise grâce que par ses talents culinaires:

«—Eh bien! je les lui donnerai toutes plumées, avait-il répliqué.

«Et le voilà plumant avec fureur, aidé bientôt de deux ou trois autres, pendant que la voiture courait toujours, et que, derrière nous, ce petit duvet gris tournoyait avant de tomber sur la route.

«Et les dîners du retour! ces beaux dîners bourguignons, où les plus sages finissaient par se laisser griser un peu, où les écrevisses étaient si poivrées, et les vins qu'on nous faisait boire par-dessus «pour que ça ne pique plus» si jolis dans le verre!...

«Des bouteilles de tous les âges, grises au dehors, vermeilles dès que la première goutte coulait, qu'il fallait goûter tour à tour, comme gloires nationales... et tout le soleil de la journée, reçu sur la route, qui ressortait par les yeux et les voix à ce moment-là!

«Mais cette année-ci, je n'étais plus gaie, et la voix des autres m'impatientait comme du tapage.

«Au printemps, il m'était arrivé une chose qui m'avait fort peu occupée sur le moment, et qui depuis, petit à petit, sans que j'aie pu savoir comment, avait dérangé toute ma vie. C'était la demande que Luc de Versoix avait faite de ma main.

«Pourquoi je l'avais refusé, sans une hésitation, sans que rien pût me déterminer au moins à réfléchir, ma part de paradis serait au prix de l'explication, que je serais incapable de la formuler aujourd'hui.

«Je savais qu'il vivait à Versoix toute l'année; mais il m'offrait une installation chaque printemps à Paris. Je n'aimais personne d'autre. Théoriquement, j'avais toujours trouvé très bien mon arrière-cousin Luc.

«L'avais-je toujours trop connu?

«Était-ce trop soudain?...

«Littéralement, il n'y avait point de raisons; ou plutôt, s'il n'y en avait pas «contre», il n'y en avait pas davantage «pour». Et, il n'y a pas à dire, quand on a songé au mariage avec son cœur, pour épouser tout à coup un monsieur, il faut qu'il y ait des raisons «pour».

«Seulement, il arriva deux choses après cet épisode de nos relations: c'est que Luc rompit avec nous, autant qu'il se peut courtoisement. C'est-à-dire qu'il ne parut à la maison que les jours où il était certain de ne pas me rencontrer;

et que je me mis à le regarder beaucoup, et à m'en occuper perpétuellement, dans l'idée de ce qui aurait pu être; observations que sa volonté de nous fuir rendait extrêmement difficiles.

«Je me disais que dans cette tête il y avait pour moi des pensées que nul autre n'avait... Je cherchais ce qu'elles pouvaient être, et la douceur qu'il y a à se sentir aimée, d'où que vienne l'affection, me pénétrait un peu.

«Savoir qu'on est pour quelqu'un préférable à toutes; que la tendresse, l'admiration ou l'indulgence suivent et embellissent chacun de vos actes...

«En même temps, Luc maigrit un peu, pâlit considérablement; ce qui donnait à sa figure une expression infiniment séduisante; se mit à faire à toutes les femmes une cour... insupportable! enfin changea, quoiqu'il m'ait constamment affirmé le contraire depuis, quelque chose dans la coupe de sa barbe et de ses cheveux, ce qui acheva de lui donner son air Henri III, hardi et las.

«Et tout à coup je le vis comme je l'ai toujours vu depuis, et après m'être crue fort heureuse, je me mis à être la plus misérable des créatures.

«Puisqu'il m'aimait déjà lui, et que voilà que je l'aimais à présent, nous n'avions plus qu'à recommencer. C'était si simple!...

«Il me semblait qu'il allait voir ça tout de suite, qu'il viendrait à moi, et que c'était lui-même qui me dirait le mot nouveau que j'avais dans le cœur.

«Nous partions pour un bal, je me rappelle, le soir où j'avais vu tout à fait clair en moi.

«Jamais il ne m'avait semblé tenir la vie, le bonheur et la force dans mes mains comme en cet instant.

«Le plus sot des obstacles arrêta mon élan. Luc n'était pas là, tout bonnement; et huit jours de suite, dans les endroits où j'étais assurée de le trouver, il en fut ainsi. Puis le neuvième, je le rencontrai enfin, et ce fut encore pis!

«Depuis nos rapports nouveaux, il avait pris l'habitude de venir saluer maman pendant que je dansais. Il s'asseyait sur ma chaise, causait avec elle un instant, puis, un peu avant que la danse finît, il se levait sans affectation, et s'en allait juste à temps pour m'éviter.

«J'avais essayé de tout pour faire échouer cette combinaison qui m'exaspérait. Tantôt je ne dansais pas du tout. J'étais lasse pour toute la soirée, et je ne quittais pas maman, à sa surprise profonde.

«Tantôt, j'interrompais brusquement ma valse, au moment où je le voyais bien installé, me faisant ramener à ma place sous le premier prétexte venu; bousculant mon danseur, quand il me proposait un simple repos, et fondant à l'improviste sur mon cousin, à qui mes apparitions inopinées avaient fini, je crois, par causer une juste terreur.

«Il se levait alors pour me rendre ma chaise et s'éloignait en s'inclinant. C'était tout ce que je gagnais... Et c'est ainsi que cela se passa ce jour où j'arrivai à lui, si vibrante, mon secret dans les yeux et sur les lèvres, et il en fut de même tous les jours suivants, sans qu'il comprît, ou voulût rien comprendre.

«Est-on aveugle à ce degré?...

«Cette révélation spontanée, qui m'avait semblé de loin si facile et si assurée, ne se produisait nullement, et un nouveau genre de souffrance m'assaillait à présent.

«Toutes les jeunes filles que Luc approchait me paraissaient folles de lui—et je crois encore à présent que cela était.—Il me paraissait épris de toutes; et entre ces deux alternatives, je restais, moi, frémissante et jalouse, au désespoir de ce qui se passait, et furieuse de mon impuissance à l'empêcher.

«C'était pour moi une torture que de le voir se pencher vers elles, galant et empressé, à sa façon, avec sa parole toujours un peu basse, qui rend mystérieux et intime le plus indifférent de ses mots.

«Toujours, pour danser, il emmenait celle qu'il avait choisie, dans la pièce où je n'étais pas; et, pour voir ce qui se passait derrière ce mur, j'aurais fait crouler la maison, si j'en avais eu la force, certaine que là-bas on me volait mon bien. Oui! mon bien! car enfin, si j'avais voulu, il y avait trois mois!...

«Seulement je n'avais pas voulu, et je commençais à croire que lui non plus ne voudrait plus jamais.

«Alors, à mon tour je me mis à maigrir. A pâlir aussi, sans que cela allât aucunement, hélas! à mon genre de beauté!... et la première fois que ma pauvre maman, désolée de mon changement, m'interrogea sur ce que j'avais, je lui dis tout.

«J'entends encore sa réponse.

«—C'est bien délicat, ma pauvre petite, me dit-elle tristement... Il peut rester dans l'esprit de Luc autant d'amour-propre froissé qu'il y a eu de tendresse, et sa conduite actuelle ne semble pas prouver qu'il pense à renouveler sa demande. Nous pourrons, en rentrant de la campagne, lui faire parler par sa tante de Paleyre... Tâche de patienter jusque-là!...

«Lui faire parler à ce propos!... Lui faire dire que je l'aimais!... J'aurais préféré mourir!... Je le déclarai violemment... Comme si depuis deux mois mes yeux et toute ma contenance n'en avaient pas avoué plus que ne feraient toutes les tantes du monde!...

«C'était le dernier cri de ma fierté. Mais je crois bien qu'au retour j'aurais encore été heureuse de passer par madame de Paleyre...

«C'était dans ces dispositions que j'étais arrivée en Bourgogne, et pourquoi l'entrain général me blessait si fort.

«J'avais un espoir pourtant. Luc devait, comme tous les ans, venir chasser là quelques jours, et j'avais conçu le projet hardi de lui faire moi-même ma confession, dans un de ces instants de solitude comme on en trouve tant à la campagne.

«Mais vers la fin de septembre, j'appris un jour à table que sous je ne sais quel prétexte il s'était installé chez un autre de mes oncles.

«Il me sembla qu'on m'ôtait un morceau de cœur, et je commençai les jours les plus mélancoliques que j'aie connus de ma vie, avec ce regret intolérable du bonheur défait par soi-même.

«—Blandine, me dit un soir mon oncle, allons-nous aux alouettes demain?...

«—Mon oncle, avec plaisir...

«Je le lui avais demandé cent fois les années précédentes, et c'était une faveur rarement octroyée par lui que de se laisser accompagner par une femme. Comment aurait-il deviné mon actuelle insouciance de tout?...

«—On vous réveillera à six heures. Couvrez-vous, il fera très froid; mais pas de manteaux clairs, s'il vous plaît... De grosses chaussures, n'est-ce pas? Du silence et de la patience.

«—Me tirerez-vous mon miroir?...

«Toutes les questions résolues à sa satisfaction, nous roulions le lendemain avant sept heures, lui et moi, dans la charrette qu'il conduisait. Lui dans son costume de chasse habituel; moi *terra cota* des pieds à la tête, à me prendre pour une motte d'un sillon.

«A la lisière du champ, Antoine sortit le miroir, un surplus de plaids, les porta jusqu'à la trouvaille d'une grosse pierre sur laquelle je devais poser mes pieds; et nous ayant installés, repartit avec ordre de ramener la charrette vers dix heures.

«Jamais plus joli matin d'octobre; et, le mouvement de la ficelle régulièrement acquis par ma main, je m'étais laissée prendre entièrement par le charme de ce qui m'entourait.

«Dans le creux des sillons, les craquelures de la gelée blanche, pas encore fondue à l'ombre, brillaient comme des morceaux de cristal, pendant que sur le sommet une petite vapeur blanche aussi légère qu'une haleine fumait doucement au soleil; et dans tout le paysage, comme dans les sillons, c'était ce même blanc, brillant ou laiteux, qui se retrouvait, éclairant et ouatant tout.

«Sur l'étang de Fontenotte, une grande brume montait, de l'épaisseur d'un nuage. Les prairies du bas étincelaient de givre, et dans les buissons, de longues fumées déchiquetées se levaient aussi.

«Il semblait qu'un immense voile, intact par places, déchiré à d'autres endroits, eût tout couvert pendant la nuit, et que chaque chose en gardât la trace. Le soleil, légèrement voilé; un des côtés du ciel nuageux, et l'autre, d'un bleu si pâle, si pâle, que la gaze certainement était restée dessus.

«L'air très humide avait une transparence idéale, et sur la lisière de la forêt les arbres mettaient une note éclatante, la seule dans tout ce qui nous entourait, avec leurs feuilles incroyablement nuancées, depuis celles encore vertes, jusqu'aux mortes, près de tomber.

«C'était charmant, mélancolique et parlant comme une chose qu'on aurait entendue. Cela serrait le cœur comme de s'en aller.

«Très haut dans le ciel, les «tiou-tiou» des alouettes s'entendaient, si doux, si clairs, le chant même de ce paysage.

«Pauvres petites alouettes! je n'étais pas là depuis un quart d'heure que leur chasse m'avait passionnée. Je m'exclamais de pitié en les voyant arriver; mais l'ardeur de mon oncle m'emportait.

«Cela mirait admirablement.

«Il en descendait de si loin, qu'on ne les voyait que comme un point.

«Puis elles entouraient le miroir tout à coup, voletant, s'écartant, revenant, avec leur joli chant plus pressé. Les unes, en Saint-Esprit, tombant les ailes étendues; les autres s'élevant du champ même.

«Tout juste mon oncle avait le temps de recharger son fusil.

«De temps en temps, je me levais en courant pour ramasser, à défaut de *Mac*, une alouette qu'il ne pouvait trouver, et que j'étais sûre d'avoir vue tomber à telle place. Mais les plumes se confondaient avec la terre, et je revenais sans rien, comme lui.

«Trois fois nous avions failli réussir le «coup du roi», l'oiseau tiré juste au-dessus de la tête, le fusil droit. Mon oncle l'essayait pour la quatrième, quand un cri m'échappa, et je lâchai la ficelle.

«Par bonheur, cette fois, le «coup du roi» avait réussi, et mon oncle prit mon émotion pour de la joie. Mais en même temps, suivant la direction de mon regard, il aperçut quelqu'un qui venait à nous; et comme il avait sans doute de moins bonnes raisons que moi pour le reconnaître à distance:

«—Quel est, s'était-il écrié, furieux d'être dérangé, l'hurluberlu qui nous arrive?...

«Un moment plus tard, l'hurluberlu, qui ne m'avait reconnue que trop tard pour s'arrêter, et s'était résigné, faisait voir à mon oncle l'aspect du temps que, ni lui ni moi, n'avions remarqué dans notre ardeur.

«De l'ouest, de gros nuages arrivaient et le vent se levait violemment. Mais l'avertissement venait trop tard. Il pleuvait déjà sur Venarde; et nos oiseaux n'étaient pas rentrés dans les carniers où nous les jetions tous les trois que la bourrasque nous assaillait.

«Oh! le bon vent! La divine pluie!...

«—Aide ta cousine, avait crié mon oncle en rassemblant nos affaires. Et nous étions partis devant lui, mon bras sous celui de Luc, pour traverser en diagonale tout ce grand champ et gagner la maison d'un garde.

«L'eau nous cinglait la figure, mélangée de grêle maintenant; la terre collait à nos pieds, s'enlevant avec eux, lourde et grasse à ne pas s'en débarrasser. Mes jambes, cassées par l'émotion, me faisaient mal à remuer; mon oncle et Luc étaient maussades, comme tous les hommes sous la pluie, et moi je répétais tout bas: «Merci, mon Dieu! Merci, mon Dieu!...»

«En arrivant à la maison, je n'étais plus qu'un paquet d'eau, et je tremblais de la tête aux pieds.

«—Vous n'allez pas rester comme ça, il faut demander des vêtements, avait déclaré mon oncle.

«Et Luc l'avait appuyé d'un geste que j'avais trouvé si bon!...

«Le garde n'était pas chez lui! Sa mère, une vieille paralytique, immobile dans un fauteuil, me dit d'entrer dans sa chambre, d'ouvrir la grande armoire, et d'y prendre tout ce que je voudrais.

«Quand je revins dans la cuisine en jupe courte et en casaquin, mon oncle se mit à rire, et la bonne femme fit comme lui; et je pense qu'il y avait de quoi.

«Le casaquin avait des manches larges d'où mes bras sortaient jusqu'au coude, et une basquine d'il y a cent ans.

«Il était en indienne à fleurs, et je dois avouer que j'y grelottais; mais on m'aurait étranglée plutôt que de me faire paraître avec ce qu'il y avait d'autre dans l'armoire.

«Luc me regarda gravement, et me fit asseoir près du feu.

«Nous avions demandé à la vieille ce que nous pourrions boire de chaud; et elle nous avait indiqué la marmite où sa soupe cuisait. Je m'étais chargée de la tremper, de trouver assiettes et cuillers; mais il fallait attendre encore, disait-elle, ou «des pommes de terre ne seraient pas cuites».

«Mon oncle, près de la fenêtre, s'occupait de son fusil. A la chaleur des fagots que Luc entassait, la femme s'assoupissait, et sous le manteau de la cheminée, assis côte à côte, nous étions si seuls lui et moi, que je me demandais si l'occasion cherchée n'était pas venue, et s'il ne fallait pas parler maintenant.

«Mais à l'étranglement de ma gorge, je sentais que ce sont des choses qui se projettent, mais ne peuvent pas s'exécuter...

«Par mots coupés nous causions doucement. Il semblait qu'il n'y eût rien eu entre nous, tant c'était facile et simple; et nous disions des choses pourtant qu'on ne dit que quand on parle très intimement... Ce que nous aimions; ce que nous pensions l'un et l'autre sur tout.

«De temps en temps, Luc, qui ne cessait de toucher au feu, heurtait les chenets avec ses pincettes. La vieille tressaillait, ouvrait les yeux, et tâchait de se redresser.

«Il me semblait que quelqu'un entrait chez nous. Je me taisais malgré moi, et chaque fois que je prévoyais un choc, j'avais envie de crier à Luc: «Vous allez la réveiller!» sans l'oser jamais, puisque ça lui était égal, à lui...!

«Puis il y avait des silences pendant lesquels nos regards se croisaient, et pendant lesquels je me disais: «Maintenant, il pense à «cela» et il «sait» que j'y pense...» Et à force de sentir que nos pensées se comprenaient et qu'il se taisait toujours, une telle angoisse m'envahissait, que je m'en allais pour qu'il ne vît pas ça aussi.

«Je préparais le couvert; j'apportais sur le bord de l'âtre la soupière et la grande miche, où il fallait tailler de petites tranches... Puis je me rasseyais et je reprenais mon illusion et mon rêve.

«Pourquoi n'aurions-nous pas un jour un foyer à nous deux, où je ferais pour lui ce que je faisais à présent ici?... Et je coupais mes tranches délicatement, soigneusement; en tendresse de ce qu'elles signifiaient dans mon esprit, sans que Luc, toujours silencieux, parût se douter une minute de ce qu'elles voulaient dire.

«Puis ça se prolongea si longtemps; ce qui me serrait le cœur, devint si fort, que sans préparation, sans que j'y pusse rien, je sentis tout à coup que mes joues étaient pleines de larmes, et que je continuai à pleurer là devant lui, morte de honte et de peine, sans autre force que de me cacher dans mes mains.

«L'instant d'après, Luc écartait mes doigts, le regard et la voix changés...

«—Blandine, est-ce que...?

«—Mais oui, voyons!...

«Je ne l'avais pas laissé finir!...

«—Et cette soupe, dit mon oncle surpris à la fin de ce long silence, Blandine n'en veut donc plus goûter?...

«—Si, mais elle va la manger ici. Elle aurait froid là-bas, répondit mon cousin pour moi. Je lui tiendrai son assiette...

«Et comme à ce moment mon pied heurtait je ne sais quoi:

«—Chut donc! fit-il vivement. Vous allez réveiller la vieille!...

«C'était lui qui le disait cette fois!...

«Puis à genoux devant moi, ses deux mains faisant table, il me tint l'assiette en effet, pendant que nos yeux, d'accord cette fois, pensaient de nouveau la même chose, en même temps, et se le disaient.»

. . . .

La lecture finie, Blandine continuait à rêver dans son petit fauteuil.

Le piqueur envoyé par Luc, pour la mettre au courant de la journée, avait fini son récit.

«Le plus fort parcours de la saison... La bête avait emmené la chasse jusque dans le village de Balleroy, et la curée avait eu lieu sur la place même de l'église, à la lueur des lumières que tenaient les paysans sortis au bruit, avec lanternes, lampes ou flambeaux... Le pied avait été offert à madame de Sauveterre... La chasse ne serait pas de retour avant neuf heures au moins; monsieur le comte avait insisté pour qu'on n'y comptât pas plus tôt...»

Et il était sorti sans que Blandine eût quitté sa place.

Déjà, quand on était venu prendre ses ordres, elle avait refusé de dîner, prétendant qu'elle souperait plus tard; de sorte qu'au moment où son mari, revenu avant tout le monde, et arrivé presque derrière le piqueur, entrait dans son petit salon, il l'avait retrouvée dans sa robe d'intérieur, telle qu'il l'avait laissée en partant.

Un peu d'angoisse l'avait pris. Sa colère durait donc toujours!...

Debout devant son petit secrétaire, elle fermait avec précaution le précieux cahier, resté blanc dans sa seconde moitié, comme il était le matin; mais il avait marché si vite qu'il était arrivé près d'elle, avant qu'elle l'eût entendu entrer, et que les mots de l'en-tête l'avaient frappé à l'instant.

Blandine devenait-elle folle?... Est-ce qu'elle faisait son testament?...—Ceci, sans réfléchir à l'état hypothétique où se trouvaient encore les enfants à qui sa femme s'adressait.

Puis tout de suite rassuré par l'expression de son visage, et déchargé du poids et du regret qui l'avaient attristé toute la journée, il avait tiré le cahier.

—Je veux savoir ce que vous leur dites!

—Luc, je le défends!

—Rien que la fin!...

Mais c'était la fin le plus grave! Et il n'avait pas fallu plus de dix lignes au jeune mari pour s'attendrir, et se mettre à rire, en demandant plus tendrement encore le pardon qu'il était venu chercher...

Puis comme la chasse rentrait, et que la cour s'éclairait par des flambeaux tenus en main:

—Et qu'est-ce que vous leur avez dit, Luc? demanda-t-elle tout à coup, revenant à la réalité présente.

—Que vous étiez très, très souffrante!...

—Et que je ne paraîtrais pas ce soir?

—Comment serait-ce possible?...

—Alors, allez les installer, leur souper est servi. Puis revenez vite ici, on va m'apporter le mien. Vous me tiendrez mon assiette.

Ballaigues, septembre 1896.

ENTREVUE

LA chose étrange, ma chérie, qu'une «entrevue»! Drôle, ridicule, mélancolique; un peu de tout.

Imagine-toi qu'on fasse pour naître ou pour mourir cette sorte de répétition, de discussion préparatoire. On trouverait l'idée monstrueuse. Aimer, c'est presque plus grave.

Toute jeune sans doute, n'éprouve-t-on rien de ce qui m'a émue hier. Mais quand on a pensé et senti, quand on a vécu et qu'on a vu vivre, on apporte dans cette rencontre, avec de la tristesse, une sorte d'antagonisme involontaire et ironique, fait de peur, de froissements intimes, des derniers rêves aussi, demeurés malgré tout, et qu'on souffre de voir tombés là. Et cette lucidité railleuse, impitoyable pour les gaucheries qu'on a, comme pour celles qu'on remarque chez «l'autre», reste le sentiment dominant de ce tête-à-tête, où on relève avec une espèce de joie toutes les pauvretés de ce singulier début d'amour, en revanche de l'idéal qu'on portait en soi, et que le monde, les circonstances, les forces inertes de la vie, vous obligent à changer en cette farce ridicule et angoissante!

«Exagérations, violences d'une nature excessive,» dis-tu.

Eh! non. Voir les choses seulement; mais les voir telles qu'elles sont, au lieu de les regarder en soi, comme on fait quand on est toute jeune et qu'on sort de sa contemplation, les yeux si ensoleillés de la clarté intérieure, qu'on crie devant des nuages:

—Dieu! qu'il fait beau... Dieu! qu'il fait clair!

Rends-moi un peu mes dix-huit ans. Prenons ceux de ma fille, plutôt—si ma fille naît jamais de cette heure de causerie si vide,—ma fille mettra sa robe blanche; le ruban qui lui va le mieux, en toute simplicité, en toute bonhomie.

A la fièvre de ceux qui l'entourent, elle devine bien quelque chose. Mais quoi? l'approche de la destinée seulement, de la destinée qu'elle attend avec le même émoi délicieux que si elle venait à elle du vol le plus divinement libre.

Pourquoi songerait-elle à ce que cette heure cache de convenu?

Elle regarde les yeux de l'homme qu'on amène ainsi près d'elle; elle écoute sa voix, elle se trouble de sa force, et de tout ce qu'elle sent en lui que d'autres ne lui ont jamais montré.

Elle ne le compare à personne, puisque c'est le premier qu'elle voit occupé d'elle de cette façon; et à l'instant, il bénéficie de tout ce qu'elle a dans son cœur de désirs et d'enthousiasme.

S'il est tel qu'elle le choisirait à n'importe quelle heure de sa vie, tout est bien. Si non, elle le refait.

Le voilà peint tout en rose.

Les couleurs viennent de sa palette; mais elle l'ignore absolument, et il faudrait une nature d'homme bien dénuée et bien ingrate pour ne pas prendre de l'éclat à ce badigeonnage radieux...

L'amour est né, et toujours en se rappelant cette minute, elle en tiendra compte à celui qui la lui a fait connaître comme d'une chose venue de lui.

Marier alors les filles si jeunes et si stupides qu'elles ne distinguent pas entre la valeur réelle et la nullité aimable?... Les marier confiantes et joyeuses. Et puis bêtes si l'on peut! Il y a bien du bonheur, va, à savoir être simplement bête.

Si je l'avais été davantage, hier sur mon balcon, j'y aurais senti moins tristement tout ce que je t'écris là, et j'aurais regardé avec plus de résignation les côtés choquants de l'amour arrangé sur table, puisque j'étais venue, moi aussi, m'asseoir de l'autre côté de cette table.

Et comment aurais-je résisté à venir m'y asseoir? C'était depuis six mois une telle insistance de mes frères!...

—Brigitte ne peut pas rester comme ça.

—Il faut marier Brigitte.

—Depuis la mort de maman, elle a pris trop d'indépendance; si on attend encore, elle ne se mariera jamais. Bernard peut refaire sa vie; alors, que deviendra Brigitte?...

Voilà trois ans que je me suis installée chez mon dernier frère, quand il a perdu sa femme, et je le lie, prétend-on, par ma présence.

Puis d'autres arguments encore, donnés plus tendrement par mes belles-sœurs, qui m'entraînent dans le cœur, mieux que la brusquerie de mes frères; sur la douceur du foyer, la mélancolie de l'isolement.

—Tu ne sais pas, ma petite Brigitte, ce que c'est que de vieillir seule. Sortir de chez soi, sans manquer à personne. Y rentrer quand on veut, sans jamais y être attendue. Ne faire ni bien ni mal. Ne faire ni peine ni plaisir; être indifférente enfin!... Passer son existence en s'attachant aux choses, en se créant par volonté quelque passion superficielle, pour se donner l'intérêt dont tout cœur humain a besoin. Le soir venu, n'avoir à se dire que les mélancoliques paroles des solitaires: «Comme ça tient compagnie, le feu!» en écoutant la pendule hacher à coups brefs les mêmes minutes que la veille, les mêmes que le lendemain... Dans la femme la moins tendre, il y a de l'étoffe pour plus que ça. Songes-y pendant qu'il en est temps!...

Sans compter les raisons que je me donnais à moi-même, celles faites des déboires éprouvés, qu'on tait, mais qu'on ressent fortement, l'écroulement de ces amitiés si chaleureuses, si belles à l'apparence, sur lesquelles on se reposait avec une foi si absolue.

Douces et charmantes, avec ce prix particulier des sentiments faits uniquement de choix et de prédilection. Qui pouvaient, se disait-on, sous une forme différente, remplacer et combler les affections ignorées? A qui, chevaleresquement, on aurait gardé ardeur et préférence unique, et qu'un caprice ou une lassitude dénoue tout à coup de l'autre côté, vous forçant à comprendre le peu qu'on aimait en vous: l'entrain de la jeunesse, l'attrait de la nouveauté. Ceci passe; cela aussi, tandis qu'on reste avec son cœur, toujours le même pourtant; son être moral, dont il est tenu si peu compte; aussi triste du vide éprouvé que de la révélation qui vous est faite.

Jusqu'à ce que, de révélations en révélations, on vienne à la certitude qu'il ne faut compter sur rien ni personne, et que le mot familier et éloquent «des vôtres», par lequel on désigne vos proches, est le seul vrai de la langue.

Alors soi aussi, on veut avoir un «vôtre», et c'est cette philosophie, faite de coups reçus, qui vous amène un matin dans l'express de Paris, assise à côté d'un frère bourru et bon qui feuillette des notes en répondant brièvement aux questions dont on l'accable.

Pour Bernard, ce voyage a deux objets: le côté industriel et le côté matrimonial. Il verra vingt-cinq messieurs pour le compte de l'usine et m'en fera voir un, pour mon propre compte à moi; et je prie Dieu qu'il n'y ait pas d'erreurs dans un tel maniement d'hommes.

Germaine n'a pu quitter sa chaise longue, Françoise ses trois petits rougeoleux, et c'est à la sagacité et à l'adresse du moins mondain de nous tous qu'est confiée cette mise en présence.

Cher bon ours, il est là, le nez dans ses papiers, sans cesse tiré de son travail par ce que je demande impérieusement; à quoi il répond avec autant de patience que d'évidente incompétence.

Honorable, intelligent, loyal et brave cœur, et d'autres choses encore, M. Reyville, tu penses bien, est tout cela pour le moins. Bernard le sait et en répond, et madame Lacombe aussi. Mais brun ou blond? grand ou petit? Quels yeux, quelle voix, quelle tournure? Là mon pauvre frère se perd. Il ne l'a pas regardé pour ça.

Bravement, il opte pour les probabilités courantes: brun, moyen; la tournure... comme tout le monde. Une voix?... Une voix comme la sienne.—

Un aboiement alors.—Et il relève ses papiers pendant que je reprends ma photographie. Celle d'une vieille carte d'identité. Tout ce qu'on a pu me procurer.

Un bonnet de voyage tiré sur des yeux farouches, un collet de manteau relevé. L'air mécontent, la bouche serrée. Est-ce le froid? Le voyage? L'identité?

Veuf—ceci je le savais—et les mots de madame Lacombe: «Vous le consolerez, mon enfant», me reviennent terriblement, pendant que je fixe ce regard violent. Est-ce son chagrin qu'il tâchait de cacher ainsi, entre ce col et cette fourrure?

La gare du Nord. Notre hôtel. Une demi-heure pour m'habiller, et j'entre dans le petit salon où notre dîner était servi.

Debout à côté de Bernard un homme s'incline. Grand, mince. Deux yeux bleus, fatigués et doux. Des joues pâles. Des mèches grises dans des cheveux noirs abondants.

Dix mots courtois qui s'informent de mon voyage, et la conversation, coupée par mon entrée, reprend.

«Acétylène, acétylène.» Procédés Raoul Pictet. Procédés de M. Le Gall. Tubulures, chaudières, atmosphères, explosions. Boulonnage, déboulonnage. Dix lampes Carcel, cent lampes Carcel, et toujours cet «acétylène» qui revient périodiquement, comme on aurait pu concevoir que reviendrait le mot «Hyménée... Hyménée», si le chœur antique, massé dans un coin de la pièce, nous avait assistés de sa présence.

N'y aurait-il pas confusion, comme je le craignais en venant? Est-ce bien mon «monsieur» à moi? L'envie me prend de consulter les notes de Bernard, ouvertes sur le canapé.

De temps en temps cependant, il se tourne de mon côté, et cherche à me faire entrer dans cette étrange conversation.

—Est-ce que je m'intéresse à l'usine?...

—Mon frère m'en parle-t-il souvent?...

—Le climat du Nord me plaît-il?

Mais Bernard le reprend bien vite, se disant apparemment que je l'aurai toute ma vie, et qu'il le tient, lui, ce soir seulement, emporté par la passion des choses qui l'intéressent; et M. Reyville le suit complaisamment de fermetures en marmites.

D'un regard, en entrant, il m'a enveloppée toute:

—Pas grande, un peu forte, la peau blanche, les cheveux lisses. Elle est conforme au programme.

Voilà ce qu'il se dit, je pense; et à mon tour je l'observe avec une angoisse d'esseulement qui irait aux larmes si elle pouvait.

Ces cheveux gris, ces traits marqués, parlent de tant d'années passées où nous ne nous serons pas connus, dont je ne saurai rien du tout?

Sa figure me plaît telle qu'elle est, mais je la repétris à vingt-cinq ans, et je songe que jamais je n'aurai vu son rire de jeunesse, ni l'expression qu'il avait alors; que déjà, tant on change vite, il a été plusieurs êtres; que je l'épouserai moi peut-être à la dixième de ses formes, et que chacune a ses souvenirs qu'elle gardera et que j'ignorerai.

Souder deux existences sans rien de commun dans leur passé, qui l'a osé le premier?

Quel trou cela doit laisser, cet inconnu, puéril ou grave, qu'on sent en tout!

Moi-même, dans les heures finies, lesquelles lui raconterai-je? Lesquelles tairai-je?

Lui parlerai-je de maman?

Pendant que je me jure que non, la dernière catastrophe de leur maudit explosif est épuisée, et nous nous levons de table.

Bernard, soudain rendu au sentiment des choses, devint empesé et nerveux, puis dans une trouvaille d'ingéniosité qui le transporte, nous envoie sur le balcon, pendant qu'il fume son cigare.

La lune éclaire la rue. Le balcon, tout petit, très haut par-dessus les gaz et les lumières, reste sombre contre son mur.

Le cadre et l'instant sont intimes.

Lui et moi, nous savons tous deux pourquoi nous sommes assis là...

N'aura-t-il pas pitié du cœur froissé et troublé qui bat à côté de lui?

Il peut mettre ici encore une ombre de bon souvenir, que je rechercherai plus tard.

Si nous parlions franchement, au moins!

Il s'en est fallu, pour que cette simple bonne foi régnât entre nous, que ce fût moi qui la première trouvât le mot du début.

Mais il s'est repris avant moi—s'il avait à se reprendre—et s'est remis à causer, comme il causait l'instant d'avant, au choix du sujet près; contant des voyages, des pays, des visites de musées, des impressions de concert, avec l'aisance indifférente d'un homme dans son devoir mondain.

Mes goûts, mes occupations, ma vie?... Trois questions incidentes. Ce qu'il aurait pu demander à toute femme rencontrée. Des siens pas un mot. Et l'ironie me reprenait, devant ces semblants que nous gardions, devant cette comédie réciproque, avec l'irritation de ce front penché, derrière lequel roulaient des pensées toutes pareilles, je le sentais, j'en étais sûre, et qui gardait le secret de ses sensations présentes comme de ses souvenirs anciens.

Pensait-il à sa femme maintenant? Nous comparait-il, elle et moi?...

Quand je détournais la tête pour fuir cette idée insupportable, je revoyais les lumières d'en face, qui trouaient le mur noir. Combien de ces lampes éloignées éclairaient ce «bonheur à deux» dont on me promettait la douceur? L'avaient-ils acheté aussi cher, ces inconnus que j'évoquais, et sa conquête valait-elle l'effort que je faisais en ce moment? Il y avait du marché ici; de sa part comme de la mienne...
Et puis nous sommes rentrés, las de banalités et d'efforts.
Dans le salon, Bernard, son cigare éteint, la mine discrète et ravie, était assis dans le même fauteuil.
Il s'est levé en nous voyant, prêt à nous tendre ses deux bras, je le lisais dans son regard.
Ma mine l'a arrêté sur place, et croyant à quelque déroute, il s'est empressé auprès de l'ami malheureux qui cherchait bonnement son chapeau, sans nul signe de détresse; et un bras passé sous le sien, se préparait à l'emmener sans le laisser même me saluer.
Aussi son second étonnement a-t-il dépassé le premier quand il a vu M. Reyville, enfin dans l'heureuse possession de tout son petit bagage, qui se rapprochait de moi et me demandait nettement, faisant allusion cette fois à la cause de notre rencontre:
—Me permettez-vous, mademoiselle, d'accepter l'offre de votre frère, et d'aller visiter Valcreux?
Et moi lui répondre de ma bouche:
—Oui, monsieur, je vous le permets.
Il est parti après ça, et comme mon pauvre Bernard, demeuré là dans sa stupeur, ouvrait la bouche pour une question, je me suis jetée contre sa poitrine, éclatant en larmes du fond de mon cœur, pendant que lui, tout éperdu, répétait en me caressant de sa bonne façon maladroite:
—Ma petite sœur!... Ma petite sœur!... Tout s'est si bien passé pourtant!... Tout s'est si bien passé!...

Et sans doute il avait raison.

AUX LUMIÈRES

—ET nous arrivons à quelle heure?...

L'homme qui rangeait la collection des petits paquets, dans le filet du wagon, s'était retourné, le bras levé, gardant au bout de ses doigts un sac rouge qui dansait.

La question était ordinaire, le ton ne l'était nullement, et c'était à ce ton surtout qu'il répondait malgré lui en regardant la jeune femme:

—Mais... c'est que... nous voilà seulement passant les fortifications...

—Et des fortifications jusque là-bas, il faut rouler combien de temps?...

—Vous êtes fatiguée?... Demain, à deux heures quarante!...

La seconde phrase avait suivi précipitamment la première, hâtée par le froncement de plus en plus impérieux des sourcils qui interrogeaient.

Sans répliquer, elle s'était rejetée dans son coin, tandis que lui restait immobile dans sa pose de statue, avec le petit sac qui sautillait et qui semblait seul vivant.

Le fracas d'un train qui les croisait le tira de sa torpeur, et, sans rien dire non plus, il s'assit à son tour.

Anne Derives et Michel Frémont, mariés depuis le matin, commençaient leur voyage de noces, par cet après-midi du mois de mars.

Entre eux, bien qu'ils fussent côte à côte, un large espace, laissé par l'extrême pelotonnement de la jeune femme, qui semblait entrée dans les coussins;— puis ce silence gardé après la dernière réplique...

Avait-elle peur? Avait-elle froid? Avait-elle faim? Était-ce la fatigue, après cette abominable matinée?... Michel s'épuisait à chercher, se demandant à part lui, anxieusement, lequel était le plus redoutable de cet éloignement voulu, qu'il fallait diminuer au plus tôt, sans gaucherie ni brutalité, ou de cet obstiné mutisme?... Et lequel serait le plus facile à vaincre?...

Et tant pour agir vite que pour suivre ses préférences personnelles, il supprima la distance, d'abord; il étendit le bras doucement, le passa autour de sa femme en murmurant d'une voix câline:

—Vous êtes bien, si serrée là-bas?...

—Pourvu que je n'aille pas à la reculette, je suis toujours parfaitement bien!

La rapidité de sa réplique n'avait eu d'égale que sa promptitude à se dégager en se redressant; et Michel gardait encore, sur sa figure penchée, son expression tendre, qu'elle avait achevé déjà cette profession de foi si nette.

Pudeur effarouchée ou colère véritable, il était oiseux de chercher alors les causes d'un effet trop certain; le jeune homme, redressé à son tour, déconcerté pour la seconde fois, et piqué malgré lui, dit froidement:

—Mais, justement, c'est que vous y êtes, «à la reculette»!

Elle avait penché sa tête hors de la portière pour s'assurer que c'était vrai, puis, rassise d'un bond sur l'autre banquette:

—Oh! fit-elle, pourquoi me l'avez-vous dit? Je ne le savais pas, et j'étais si bien!... et maintenant j'aurai tous les petits noirs dans les yeux!...

«La reculette...», «les petits noirs...», tout cela formait un contraste si comique avec la colère d'Anne et la dignité de son propre ton à lui, que la gaieté avait saisi Michel... Il allait la faire rire à son tour, et la détente serait trouvée!

Mais quoi! Faire rire la jeune femme semblait une entreprise irrespectueuse, à voir ce visage crispé, farouche; et un grand découragement l'avait repris, tandis qu'elle nouait nerveusement sur son chignon les bouts soyeux d'un voile de gaze... Une gaze épaisse, une gaze de vieille Anglaise en voyage; bleue, avec un large bord satiné qui recouvrait la bouche et le menton comme d'un encadrement de deuil, pendant que derrière le brouillard du reste, les points brillants survivaient seuls:—les yeux, le bout relevé d'un petit nez; inquiétants et sournois comme ces gens assis chez eux derrière un store, qui voient tout, et qu'on ne peut voir.

D'un geste vague, Michel avait offert son concours, refusé d'un seul mouvement de la tête; et, toute communication visuelle décidément fermée entre lui et sa compagne, il était retombé dans ses réflexions.

Il se reprenait depuis la veille, depuis cette tardive arrivée chez sa fiancée, quelques heures seulement avant le mariage civil, par suite de cette explosion survenue dans la mine qu'il dirigeait, le jour même où devait commencer son congé... Son entrée dans la salle à manger pendant le déjeuner, le brouhaha des questions, les cris d'horreur sur l'accident; les récits, déjà dénaturés, qu'il remettait au point, coupés de demandes sur «des papiers», l'heure d'arrivée de ses témoins, ou la santé d'un garçon d'honneur menacé, la dernière fois qu'on l'avait vu, de cette ridicule disgrâce: les oreillons... Et durant tout ce temps-là, sa fiancée, Anne, trempant du pain dans l'œuf qu'elle avait devant elle, le retrempant, sans songer à manger, et le regardant, comme si quelque blessure reçue à son insu l'eût défiguré subitement.

Une histoire fantaisiste, comme celles qu'il rectifiait une à une, lui avait-elle prêté, à lui, un rôle héroïque dont elle s'était enthousiasmée? Demeurait-elle consternée d'avoir vu tomber son auréole?... Il ne savait. Mais c'était de ce moment-là que datait le premier symptôme fâcheux, il en était sûr...

La mairie ensuite... Et là, toujours ce regard surpris et perplexe dans les yeux de la jeune fille; non plus attentif et scrutateur comme chez elle; mais presque avec un air de délibération intime, dont il frissonnait encore.

«Dirai-je oui?... Dirai-je non?» semblait-elle se demander, vraiment! Puis, tout le reste de la journée, cette impossibilité de l'avoir à lui seul un instant, qu'il avait prise pour la malice des choses,—où il voyait de la préméditation maintenant:—avec Madeleine, son amie, toujours entre eux, et ces «derniers mots» sans cesse échangés à voix basse, dans une embrasure de fenêtre, et qu'elles appuyaient d'une telle mimique!...

C'était sa terreur, cette Madeleine, pour laquelle il était l'ennemi naturel, venant lui enlever ce qu'elle aimait, cette Madeleine dont il se sentait si minutieusement et si rigoureusement observé.

Au jour de la présentation, elle était là, juge silencieux et implacable, commentant, il l'avait su depuis, chaque geste ou chaque mot maladroit qui lui échappait dans son trouble, pénétrée du mandat qu'Anne lui avait confié: «Il faut qu'il te plaise comme à moi», et relevant tout ce qui était critiquable, avec la plus irrésistible gaieté.

Les deux amies une fois d'accord, ayant reconnu que Michel leur convenait également à toutes deux, Madeleine s'était effacée comme elle le devait; mais Michel avait gardé de cette double épreuve une peur qu'il avouait candidement, et dont ces colloques de la dernière heure lui avaient redonné l'angoisse...

Une très courte soirée, après: il fallait «penser au lendemain»; et cette journée enfin, la plus odieuse que Michel eût connue jusqu'alors, et dont il cherchait vainement l'équivalent dans le passé!

Ses plus grandes corvées officielles?... Des cérémonies de deuil?... Ses examens d'autrefois?... Il n'avait rien subi de pareil; et sa nervosité contenue se dépensait, à cette heure, en injures muettes, qu'il répandait sur la stupidité mondaine!...

Ces gens en habit de soirée, le matin, dans ces grandes voitures bêtes, qu'on amène à «la maison» pendant qu'ils mettent leurs gants blancs. Cette foule curieuse qui s'ameute, et dont on connaît les dires... L'église où les places sont prises de bonne heure, pour tout voir, où le cortège monte lentement dans un ordre convenu, au milieu d'un luxe dont chaque détail a son prix connu, presque marqué... Assis enfin, le poids du flot qu'on sait là, derrière soi. Les propos d'autrefois, du temps où on était «ceux qui regardent», tout ce qu'on se rappelle et tout ce qu'on devine: les plaisanteries et les sourires... La sacristie où ces gens défilent... le lunch où ils défilent encore!...

Sans notions exactes à l'avance de ce que pouvait être la terrible badauderie de ce jour, il revoyait le premier incident qui l'avait décidément fait entrer dans son rôle ce matin-là.

En sens inverse de sa voiture, pendant qu'il se rendait à «da maison», lui aussi! une jeune femme venait, dont la tournure et le pas élégant l'avaient frappé. Comme il la regardait machinalement, leurs yeux s'étaient rencontrés. Cela avait duré une seconde; puis, d'un coup d'œil vif, elle avait passé en revue les rosettes blanches des chevaux, les fleurs qui garnissaient les glaces, le monsieur gravement assis, l'air soucieux, au fond du coupé,—et un imperceptible sourire avait frémi au coin de ses lèvres et de ses cils.

Il était le «marié», il n'y avait pas à dire! Pour tout le monde, même pour cette inconnue, l'étiquette était posée. De ses affaires personnelles, les plus intimes, nul n'ignorait rien ce jour-là, et ce sourire bienveillant et amusé serait celui de tout le monde!

Y avait-il, dans les usages, chose plus ridicule que celle-là? et par quelle abdication du bon goût et du libre arbitre chacun s'y soumettait-il à son tour?...

«Enfin à trois heures nous serons seuls, et cette comédie sera finie!» A travers tout, présentations, compliments, sourires, Michel s'était répété ça depuis le matin. De poignées de main en révérences, le supplice avait pris fin, et voilà où il en était maintenant!...

*
* *

Dolemment, il reportait ses yeux sur la forme mystérieuse assise en face de lui, avec l'oppression de ce silence, et l'agacement nouveau de ce regard caché, qu'il sentait pourtant le suivre.

Il se trouvait petit, réduit, se jugeait bête dans l'inaction, esquissait le premier mouvement de ce qui voulait être un bond; et en cherchant du coin de l'œil l'effet produit par son geste, il se heurtait à cette muraille bleue qui le rejetait à tous ses doutes.

Ce voile lui semblait tout à coup un symbole formidable.

En somme, que connaissait-il de cette jeune fille qui était là? Rien de ce qui était vraiment elle. Du convenu, du superflu. Ce qu'on a l'habitude de dire, ce qu'on a l'habitude de montrer. Mais de son cœur, de son caractère, ou même de ses goûts et de ses tendances, que savait-il de certain?

Qu'était-ce que ces causeries de leurs courtes fiançailles, dans un coin du salon? La conversation de cotillon, avec un danseur qui plaît beaucoup. Un flirt assuré d'aboutir; mais rien de plus concluant.

Ce qu'elle ignorait ou n'ignorait pas de cette vie où elle entrait, l'impression qu'elle pouvait avoir à se sentir emmenée ainsi toute seule par ce monsieur, ce qu'elle désirait et ce qu'elle craignait, il fallait bien reconnaître qu'il n'en avait pas la moindre idée.

Dans cette conjoncture, délicate entre toutes, il marchait en aveugle, sachant seulement ceci: qu'il y avait partout des maladresses à commettre, et fort peu de chose, à l'occasion, pour l'avertir.—Perspective peu encourageante et qui expliquait assez bien la lenteur de ses résolutions et la terreur plaisante avec laquelle il contemplait alors la cause de ses soucis.

Dire que, dans cette tête, il y avait un nombre infini de pensées qui lui étaient, à lui, absolument étrangères, que jamais sa propre tête ne pourrait concevoir, et qu'ils seraient toujours ainsi deux mondes voisins et différents, liés par la parole seulement, alors entr'ouverts l'un à l'autre, et que le silence refermerait!...

Si elle allait se taire toujours!... Mais tel ne semblait pas être le malheur qui le menaçait: à l'immobilité première de la jeune femme avait succédé l'agitation d'une personne qui renonce à comprimer toute la force de son ennui et s'achemine par des gestes à s'épancher.

Chaque fois que les yeux de Michel s'arrêtaient un moment sur elle, elle avait un imperceptible haussement d'épaules, très plaisant de spontanéité et de franchise, et qui signifiait à peu près: «Tenez, voilà l'effet que vous me faites!...» Et quand les épaules se tenaient tranquilles, c'étaient les pieds et les mains qui protestaient.

Protester était bien le mot,—surtout pour les mains:—elles bavardaient, elles étaient prolixes, incohérentes, capricieuses, dépitées, folles!

C'étaient des exclamations, des digressions, des parenthèses,—jusqu'à ce que la voix, incapable de se contenir plus longtemps, se mit enfin de la partie.

Ah! la drôle de petite femme!... Pas belle au sens classique du mot: rien de géométrique ni de grammatical dans la figure, mais un éclat de couleurs: le blond de ses cheveux, le bleu de ses yeux, le rouge de ses lèvres; une harmonie dans les mouvements,—jusque dans son attitude de bouderie,—une grâce et une intensité de jeunesse qui rayonnaient la joie de vivre!

Coiffée d'un chapeau gros comme rien, sur lequel une douzaine d'ailes aux reflets métalliques et aux pointes aiguës s'entrecroisaient comme des foudres; enfouie entre deux manches énormes, qui semblaient deux autres petites femmes assises à côté d'elle, avec sa jupe évasée et le ruban qui serrait sa taille menue, elle était le résumé fait à plaisir de toutes les sottises de la Mode.

—Hein! disait toute sa personne, suis-je assez ridicule, défigurée, et déformée, et adorable?...

Et le dernier mot était le plus vrai.

Mystère moral et devinette physique, devant lesquels se comprenait, en vérité, le pauvre état d'âme de Michel.

*
* *

—Je voudrais mon nécessaire... Celui où est l'encrier.

Allait-elle lui écrire, maintenant, et remplacer par la correspondance la pantomime de tout à l'heure?...

Encore une fois la surprise fit venir aux lèvres de Michel une question qui était une sottise et, tout en cherchant ce qu'elle demandait:

—Vous allez écrire?... En wagon?...

—Mon Dieu, à moins que je ne descende?...

—Si vous saviez comme ça remue!... Votre mère n'espère rien si tôt. Nous enverrons une dépêche.

—Une dépêche à Madeleine? Pour lui dire tout ce que je fais, tout ce qui m'arrive et tout ce que je pense!... Je lui ai promis qu'elle saurait tout... J'attendrai les stations. J'y songerai pendant qu'on marche... j'écrirai les mots importants et je délaierai aux arrêts...

«Y songer—écrire—délayer...» C'était un programme de journée qui laissait au malheureux Michel peu de place, sinon peu d'espoir; et cette promesse à Madeleine de lui faire savoir «tout»!...

«C'était beaucoup vous engager», fut-il tenté de dire vivement; mais il répondit seulement en souriant:

—Et si vous attendiez au moins qu'il vous arrive quelque chose?...

Et aussitôt, par la même manœuvre que tout à l'heure, il s'était rapproché d'Anne, le bras étendu, très désireux, évidemment, de fournir un premier épisode à sa fureur épistolaire.

Mais la défense de la jeune femme s'était renouvelée plus vive, et, dressée sur ses pieds d'un bond, comme une chatte qui prépare ses griffes:

—Hé! que voulez-vous donc qu'il m'arrive de plus... que ce qu'elle sait comme moi!... Sur quoi serais-je encore trompée?

«Trompée!...» Le cas devenait grave, et Michel, ahuri, repassait vertigineusement toute sa vie de jeunesse; il se torturait pour imaginer ce qui avait bien pu en surgir de désastreux... pendant qu'il s'asseyait résolument près de sa femme et la forçait, les deux mains dans les siennes, à rester près de lui.

«La dernière année?... Les dernières semaines?...» Non! Il ne voyait rien de probable, rien de possible; et, fort de sa conscience nette, le ton vraiment grave, cette fois:

—A présent, il faut nous expliquer. Le mot que vous venez de prononcer est sérieux, votre attitude depuis hier bizarre et inquiétante... J'ai cru à une bouderie d'enfant... un caprice coquet... de la timidité. Il y a autre chose: j'ai le droit de savoir quoi...

Un frémissement du mystérieux voile bleu lui avait seul répondu, les traits d'Anne s'agitant dessous, dans une grimace invisible. Puis tout était redevenu tranquille.

—Je vous en prie, Anne, répondez!... Du moins, ôtez ça: c'est odieux!... Et puis dites!... vous pouvez bien dire?...

Mais plus il la pressait de questions, plus elle s'immobilisait dans son silence, et il regrettait maintenant ces gestes impatients qui lui répliquaient tout à l'heure.

Il s'avisa qu'elle se butait, et, radoucissant sa voix:

—Ça vous gêne peut-être à dire?... Voulez-vous que je vous interroge? Vous, vous répondrez seulement oui ou non. Cela suffira.

Elle avait acquiescé gravement, d'un hochement de son menton rose, et un interrogatoire fantastique, dont la variété faisait le plus grand honneur à l'imagination de Michel, commença de se dérouler.

Timidement, avec mille détours et réserves, il avait demandé «si elle pensait... si elle se figurait que, parce qu'autrefois... il serait capable aujourd'hui...?» Là, il s'était embrouillé tout à fait.

Anne avait compris tout de suite et l'avait tiré de ce labeur: un «Non! Non!...» bien décisif ayant tranché la question de moralité, Michel était reparti sur d'autres pistes, fort allégé d'esprit et de cœur.

Mais quand, au bout d'un grand quart d'heure, il s'était retrouvé au même point, l'éternel: «Non! Non!...» détruisant l'une après l'autre ses plus ingénieuses hypothèses, l'impatience l'avait repris. Il avait soif de sa faute!

«Est-ce que, tout simplement, elle voulait se moquer de lui?...» Il avait hasardé la question mais Anne avait protesté avec une dignité offensée; et il s'était remis à chercher, élargissant de nouveau le cercle de ses suppositions multiples.

C'était non, et encore non!...

—Anne, vous me faites de la peine, vraiment!...

Là, elle avait cessé de répondre, trouvant sans doute qu'il sortait du programme,—ou bien les deux syllabes auxquelles elle s'était réduite ne suffisant plus à traduire ses impressions. Et, presque en même temps, Michel s'était levé, parvenu brusquement à ce point de toute querelle où celui qui suppliait se lasse tout à coup, et où l'autre, qui voudrait bien parler alors, est obligé de prier à son tour, perdant tous ses avantages, pour avoir trop attendu.

Il avait fait si vite les trois pas qu'il pouvait faire dans la largeur du wagon qu'une peur d'enfant avait pris Anne:—il avait l'air de s'en aller!... Et elle l'avait rappelé, montrant ingénument sa frayeur.

Il s'était retourné à sa voix, sans sourire; et l'avait regardée un moment, toujours assise, les mains inertes comme il les avait laissées en les rejetant tout à l'heure... Quelque chose la tourmentait, fût-ce un enfantillage; c'était certain!... Et un mélange de colère et de pitié l'avait ramené.

—Enfin! que diriez-vous, Anne,—avait-il demandé rageusement,—si je restais là comme vous êtes, sans même vouloir m'expliquer, après vous avoir lancé un mot comme celui que j'ai entendu?...

Une courte hésitation avait fait croire à Michel qu'elle s'obstinait dans son mutisme. Il ôta son chapeau, et, pétrissant le feutre mou, le jeta sous la banquette.

Fut-ce le geste, et sa violence? fut-ce qu'elle était à bout de silence, ou que l'hypothèse la blessait trop?

—Aussi que pourriez-vous me reprocher qui soit analogue à cela?—cria-t-elle à son tour.—M'avez-vous vu, à moi, des cheveux blonds et des sourcils noirs pendant quatre semaines de fiançailles, pour les trouver rouges aujourd'hui?...

En même temps, d'un mouvement aussi vif que celui de son mari, elle ôtait son voile sibyllin, et, tournée en pleine lumière, offrait son ravissant minois au jugement du jour et des hommes.

Mais le seul spectateur qui pût donner son avis, réellement frappé de stupeur, reprenait en écho, indifférent à ce qu'il voyait:

—Rouges aujourd'hui?... C'est de moi que vous voulez parler?... C'est pour mes cheveux que vous dites ça?...

Un des inimitables gestes d'Anne avait riposté clairement:

—Dame! si vous en doutez!...

Mais le jeune homme, tout à la méditation ahurie et consciencieuse de ce qui lui arrivait là, continuait sans rien voir:

—Mais pourquoi «rouges aujourd'hui»?... Je les ai toujours eus comme ça!...

—Et pensez-vous que moi, je les aie toujours «vus» comme ça?...

—Comment serait-ce possible autrement?...

—Quand on a pris ses précautions!...

—Anne, vous ne voulez pas dire, je pense, qu'il y ait eu là une supercherie de ma part?...

—Si vous appelez «supercherie» une teinture dans un petit pot, non, je ne dis pas cela!

—Qu'est-ce que vous voulez dire alors?

—Ce que je veux dire!—cria-t-elle, au comble de l'exaspération;—je veux dire qu'on m'a présenté, il y a un mois, un monsieur fait d'une façon, dont les cheveux étaient châtains, et la moustache brun doré; que, pendant quatre semaines, il est venu dîner chaque soir, et me faire sa cour après, toujours semblable à ce qu'il était le premier jour; et que le matin de mon mariage,—le matin, entendez-vous!—j'en ai vu arriver un autre, qui était le même pourtant... enfin, vous, comme vous voilà! et dont l'entrée m'a atterrée!... Des cheveux roux! tout ce que je déteste, et la mairie deux heures après!... Et ça changeait votre regard, vos yeux, votre sourire: tout!... Vos dents ne brillaient plus!... Elles avaient l'air de mordre, avant... maintenant, c'étaient des dents tranquilles!

Elle se montait en parlant, devenait dure au récit de son étrange déception, tandis que Michel, humble et désolé sous la constatation de cette disgrâce évidente, baissait la tête sans rien dire...

—Mais, comment n'avais-je rien vu?... Avais-je été aveugle un mois, ou si j'étais folle tout à coup?... L'idée me vint presque, un moment, d'aller vous le demander, à vous... Puis, dès que je fus rentrée dans ma chambre, Madeleine m'expliqua tout d'un mot. Comme je tombais dans ses bras, elle s'écria: «Nous ne l'avions vu qu'aux lumières!... C'est le coup de ton manteau beige!...»

Malgré son douloureux hébétement, Michel répéta comme une question:

—Le coup de votre manteau beige?...

—Un manteau que je portais cet été, qui avait fait beaucoup parler, et perdre bien des paris!...

Et développant, elle ajouta, avec aisance:

—Jaunasse le jour, d'un vilain jaune; terne, poudreux, sans éclat; quand venait le soleil couchant, il s'éclairait par degrés. On aurait dit que le jour entrait en lui en s'en allant... Il devenait rose, puis rouge brun; puis restait, quand on allumait, à ce brun-là, chaud et brillant... Vous n'avez rien vu de plus drôle!...

Un court silence, un peu gêné, avait suivi cet apologue, puis la jeune femme, qui s'énervait, reprit encore plus vite:

—C'était ça, évidemment! Mais qu'est-ce que j'allais faire, moi?... Il me fallait, en deux heures, me redécider, comme si tout recommençait!... «Réfléchis, tu peux refuser! m'avait tout de suite dit Madeleine... Il est encore temps de dire non!...»

Du fond de son cœur, férocement, Michel envoyait à la bienveillante médiatrice les malédictions les plus sinistres qu'inventait son esprit agité.

—Mais vous voyez le tapage!... Ce qu'on dirait à la maison!... Et puis vous... et puis moi aussi!... Quand je fermais les yeux, un moment, ou quand je restais la tête enfoncée dans un coussin, je vous revoyais comme avant!... «Tu ne le regarderas que le soir», disait Madeleine, toujours prompte à se décider... Ou bien: «Il sera chauve très jeune!...» Ou: «Tu t'habitueras peut-être?...» Nous discutions encore quand l'heure de la mairie est venue... Il fallait bien aller là-bas; il fallait bien répondre, surtout... J'ai serré les yeux bien fort, et j'ai dit «oui» pendant ce temps-là!

*
* *

—Ai-je donc si peu su vous inspirer de vraie tendresse?...

Il avait murmuré cela si mélancoliquement, le pauvre Michel, sans bouger, rompant un nouveau silence encore plus lourd que les autres! Un petit frisson désagréable avait crispé le cœur d'Anne. Puis, tout de suite, le sentiment de ses griefs lui était revenu à l'esprit, et, avec un dédain immense:

—Qu'est-ce que la tendresse peut faire là? Êtes-vous bien sûr, vous qui parlez—ceci répondait à un geste de Michel qui essayait de protester contre cette apostrophe audacieuse—êtes-vous bien sûr que vous auriez beaucoup aimé, un jour, en arrivant, trouver mon nez autrement fait que vous ne l'aviez quitté la veille?... ou de travers?... ou retroussé?... ou tout courbé?...

Avec la plus déplorable dextérité, elle opérait, du bout de son doigt, à mesure qu'elle les énumérait, chacun de ces changements improbables: tordant, retroussant, courbant,—toujours avec son air de sérieux courroucé, et pour la seconde fois, en cette heure critique, Michel avait failli sourire.

Mais avant qu'elle eût soupçonné cette irrévérence, il était déjà auprès d'elle, protestant de son amour le plus fidèle pour tous les traits de cette mignonne figure, quelque dommage qu'il pût leur advenir, et s'efforçant de secouer sa stupeur pour plaider son étrange cause.

Du fait positif qui lui était reproché, rien, hélas! qu'il pût nier ni atténuer; mais comment cette lamentable surprise avait pu se produire, Anne le savait aussi bien que lui... Son récit même de tout à l'heure en faisait foi: la volonté de Michel était innocente dans ce malheur.

C'était la fatalité de ses heures de service, du train qu'il prenait là-bas, pour venir la retrouver, et qui l'amenait toujours à la nuit, sans qu'il eût même remarqué la persistance de la chose... Leur première rencontre; leur présentation au théâtre... Tout un concours de circonstances, vraiment rare et fâcheux; mais ce n'était bien que cela.

Était-il possible, même, qu'Anne eût soupçonné autre chose?... Ça, du moins, elle ne le croyait plus?...

Et il continuait, malgré l'immobilité parfaite de la jeune femme; ardent à se disculper de toute intention perfide, et ne s'avisant pas que ce n'était nullement d'avoir raison qu'il s'agissait alors, mais bien de considérer sa mésaventure comme le plus détestable forfait, et de s'excuser en conséquence.

Aussi quand, laissant le passé, dont les événements lui paraissaient jugés et définitifs, il osa revenir au présent et demander avec une tendre gaieté, bien timide sous sa forme plaisante, lequel des multiples conseils de Madeleine elle comptait suivre pour s'habituer au nouvel aspect de son mari, reçut-il cette réponse d'un ton à glacer le feu:

—Le regarder le moins possible!...

Plan sévère, suivi rigoureusement depuis Paris, et que la jeune femme allait reprendre, évidemment, son voile et son petit chapeau déjà ressaisis d'une main ferme.

Que le hasard eût contribué pour une bonne part à son malheur, Anne, au fond d'elle-même, en convenait, sans doute; mais, où il y avait une victime, il lui fallait un coupable, et, personne ne pouvant lui refuser le premier titre, Michel avait forcément l'autre... Elle jugeait son enjouement cynique, et l'indignation qu'elle éprouvait déjà s'en trouvait redoublée!

Qu'avait-elle espéré, qu'avait-elle attendu? elle n'aurait pu le dire au juste: une explosion de désespoir... des regrets... des excuses... l'assurance qu'elle avait mal vu, que c'était un méchant songe, et que la surprise inverse allait se produire. Un miracle.

Des folies, évidemment!...

—Et quand il fera noir, noir... A la jolie heure du soir où vous retrouverez votre ami?...

—Non! laissez-moi!... Il ferait nuit que je ne pourrais pas davantage, parce que j'y penserai tout le temps... Je croirais les voir flamboyer!...

«Flamboyer!...» L'épée de l'archange, alors,—fermant le Paradis perdu,—qu'il portait sur lui-même et qui lui défendrait toutes les félicités promises!...

Et il se voyait ravageant même la douce nuit de cette lueur funeste. Gêné, horripilé, avec la sensation, au-dessus de son front, d'une forêt dont les racines se multipliaient et le brûlaient vif, raidissant tous ses gestes et le rendant gauche jusqu'à l'extrémité de ses doigts:

—Et... vous me trouvez vraiment laid?...

—Je vous trouve... comme vous êtes!...

Une horrible vexation, qu'il dissimulait de son mieux, lui avait arraché cette question suprême. Après la réponse, qui sonna durement, le silence régna de nouveau,—Anne rentrée dans son voile et sa songerie, Michel tourné vers la campagne, qu'il regardait furieusement.

*
* *

L'imprévu et la singularité de sa disgrâce avaient occupé le jeune homme tout d'abord, en même temps que les élancements inavoués, mais douloureux, de l'amour-propre l'entretenaient en ébullition. Mais voici qu'une mélancolie affreuse l'envahissait, l'emportait à l'excès contraire du doute, à l'horreur de lui-même.

Il n'y avait jamais songé; mais, s'il était ridicule vraiment!... Combien cette jeune femme n'allait-elle pas en souffrir?... Pour retrouver sur sa tête ces mèches brunies que les jeux de la lumière lui avaient prêtées pendant un mois, il eût donné, sans marchander, tout ce que valait son être moral. L'idée d'une répulsion physique le troublait jusqu'à la douleur. Que répondre et que faire à cela? C'est chose qui ne se discute pas...

Désormais le moindre geste arrêterait et couperait l'élan le plus sincère. Il aurait peur de ses regards!... Et que de tendresses il avait au fond du cœur, jalousement gardées pour elle,—pour lui être dites enfin, dans cette première heure de solitude, comme il voulait pouvoir les dire!...

Machinalement, il suivait l'idée que la fantaisie d'Anne avait éveillée tout à l'heure, et, pour se figurer ce qu'elle pouvait bien ressentir à cette heure, il la regardait, se représentant ce qu'elle serait avec tous les changements dont est susceptible un corps humain: et ce n'était jamais, quoi qu'il fît, que prétexte à la trouver plus charmante.

Ces yeux étincelants, cette bouche fraîche, la courbe de cette taille exquise, la grâce molle de son abandon sur les coussins, la pose lassée, et câline en dépit d'elle-même, de sa petite tête fatiguée,—quoi! tout cela était à lui, et le plus sot des contretemps viendrait arrêter son amour!...

«Une heure de causerie, avait demandé jadis Gringoire, et je ferai oublier ma laideur à cette jolie fille que voilà...»

Et la poésie avait obtenu le miracle; et l'amour serait moins puissant!

—Une heure à moi celle que j'aime, et j'obtiendrai plus que l'oubli! se répétait maintenant Michel.

Et, dans ce train qui les emportait comme un dragon de contes de fées, abolissant pour eux le temps, les gens, les choses, il l'avait là, près de lui, et c'était de récriminations et de regrets qu'ils s'occupaient tous les deux!

Il ne voulait rien de l'avenir, rien que l'habitude fît pour lui: il fallait qu'Anne l'aimât tout de suite, tel qu'il était, comme on avait aimé Gringoire, ou bien tout son bonheur en resterait empoisonné...

*
* *

La nuit venait tout à coup; et, avec elle, cette impression de froid matériel et d'isolement mélancolique particulière au voyage.

Cette fuite éperdue, à travers ces choses stables qu'on entrevoit une seconde, et qu'on sent, la seconde d'après, irrémédiablement éloignées, cette machine hurlante qui vous tire, dans la paix de la campagne endormie, tout ce contraste violent provoque, ne fût-ce qu'une minute, la nostalgie intense, ou la pensée très vive, au moins, du «chez soi».

Nulle part la lampe aperçue derrière un rideau ne donne avec cette force la sensation du bien-être et du recueillement; et la douceur du foyer se prouverait assez par l'émotion de ceux qui passent devant cette petite lueur immobile.

A l'excès d'une fatigue aussi près, chez elle, de se traduire en larmes qu'en sourires, et qui le laissait, lui, à la merci du moindre choc achevant son trouble en attendrissement, tout cela s'ajoutait; et soudain Michel s'était levé, il était venu auprès d'Anne.

Il y a vingt manières de mettre un châle à une femme. On le lui pose; on le lui drape; on l'en enveloppe, chaque pli formé si doucement que cela vaut une caresse.

Sans remuer, Anne s'était laissé entourer du plaid que son mari lui apportait; et lui, aussitôt sa tâche finie, avait commencé à parler...

Se savoir aimée peut être un sentiment d'une douceur profonde; mais l'entendre dire, avec la joie des mêmes paroles cent fois répétées, qu'on n'oserait pas redemander et qu'on trouve délicieux d'entendre indéfiniment, c'est le raffinement du bonheur;—à la millième heure de tendresse, aussi bien qu'à la première. Les hommes l'oublient parfois; ils ont bien tort: «Puisque ça est, et qu'elle le sait!...» S'ils savaient, eux, le charme des mots!...

Sans penser à rien d'autre qu'à se faire écouter et croire, Michel en usait, de ce charme infaillible, et Anne, sans songer à se raidir, cédant à son instinct, se laissait pénétrer par cette douceur.

Sons, paroles, images évoquées, chaleur de la voix, autant de puissances distinctes, qui la frappaient différemment, et peu à peu l'ébranlaient toute.

Dehors la nuit était complète. Il n'y avait même plus aux fenêtres ces clartés mélancoliques qu'on envie, et l'idée revenait, très douce, de cet absolu qu'on emporte avec soi quand on aime et qu'on se tient;—et toute la fuite de ce grand train et la vitesse de la vapeur semblaient maintenant une magie au service de leur bonheur.

*
* *

A genoux, devant la banquette où Anne dormait dans son grand châle, Michel attendait son réveil. Un peu ému, un peu tremblant, avec une petite angoisse qui lui serrait la gorge, mais placé bravement en plein jour!...

Quand elle ouvrit les yeux, elle sourit d'abord, à tout hasard, sans rien voir. Puis, sous la gravité persistante du regard qui l'observait, elle se souvint de la veille, et une rougeur de confusion gagna jusqu'à son front.

Un instant, elle tâcha de soutenir, sans rien répondre, ce regard droit, qui l'interrogeait; puis un de ses mouvements imprévus la mit tout à coup sur pied, et, toujours silencieuse, elle prit une feuille au buvard de voyage oublié la veille, pendant que Michel, stupéfait, la contemplait, les yeux énormes...

Est-ce que tout allait recommencer?

En une seconde, au crayon, elle avait griffonné deux lignes, et, pliant son papier en quatre, elle vint gravement le lui remettre:

—Il faut faire partir ça tout de suite!...

Le billet laconique disait proprement ceci:

«Tu t'étais trompée, Madeleine, et je te l'avais bien dit, moi, Michel est blond!»

Puis, comme il n'en finissait pas de lire et demeurait là, immobile, hochant la tête et souriant, elle lui enleva la feuille, et, la retournant, griffonna de l'autre côté, encore plus vite, un second billet, encore plus court:

«Ma petite Madeleine, je l'adore!»

LE TIROIR

ON discutait sur le bonheur et la souffrance. Leur inégalité chez tous les êtres. Leurs manifestations apparentes. Leurs orages cachés, bien autrement violents souvent; et chacun, comme il arrive dès qu'on agite les choses de sentiment, s'émouvait de sa propre cause; de pensées, de souvenirs personnels qui lui revenaient en foule, qu'il ne voulait ou ne pouvait dire, et qui eussent été, lui semblait-il, l'argument le plus décisif.

Les femmes surtout étaient vibrantes.

Ce monde des émotions sentimentales ou passionnées, qui est très spécialement le leur, remué à plusieurs, avec tout l'abandon qui se peut, provoquait des demi-confidences, des jugements, des affirmations, des opinions, depuis longtemps souhaitées d'entendre; répondant sans qu'on le sût à quelque doute secret, et apportant, sans autre raison que de toucher un point sensible, blessure ou satisfaction.

Certains, par le regard échangé en parlant, soulignaient la phrase dite pour tous, qui devenait personnelle. D'autres, en les surprenant, concluaient.

C'étaient les êtres, tels qu'ils se laissent voir dans le monde. Demi-sincères, demi-confiants. Encore cachés. Sans fausseté chez les meilleurs, mais déformés, contraints, par l'éternelle obligation des usages et des préjugés, par la pudeur des sentiments. Employant les mêmes mots, discutant des mêmes choses et gardant entre eux cette prodigieuse différence qui existe entre les individus et fait que, le même acte, la même parole, le même geste, n'ont jamais pour personne la même signification. Impulsifs au demeurant, dans l'animation commune de cet instant, avec un courant de sympathie suffisant pour s'attendrir et s'indigner aux mêmes instants, quittes à se reprendre ou se déjuger aussitôt qu'ils seraient seuls.

Sur un point, cependant, il y avait eu concordance absolue de protestations.

Quelqu'un, dans le but optimiste de prouver tout très bien sur terre, avait tenté de démontrer qu'il n'y avait pas, tant que cela, injustices ou privilèges, mais seulement différence de forme.

Heur et malheur. Pour chacun les quantités étaient égales, mais variablement présentées. «Successives ou très tassées.»

Et comme l'individu en question—un heureux à la façon successive évidemment, un peu tous les jours—développait son système, on s'était mis à le huer.

—Oui, oui, disait une femme. La formule pour déshérités ou pour gens trop éprouvés. Je connais. J'ai entendu.

«Les minutes qui comptent double.» «L'intensité de sensations.» «Tout le bonheur d'une vie, résumé en entier, dans les vibrations d'une seconde...»

On espère qu'ils le croiront, que ça compensera les écarts.

Grande fiole, suffisante pour donner à boire toute la vie, ou petit flacon minuscule. Même chose toujours. Extrait simple ou triple essence.

Et comme on riait cette fois:

—Pourtant la souffrance, madame,—interrompit un homme âgé, assis volontairement isolé, et qui avait peu dit jusque-là,—vous ne croyez pas qu'elle ait parfois des heures tellement excessives, que la mesure du temps soit en réalité dépassée? De l'attente, de l'angoisse, des remords. Surexcités, exacerbés, contenus en des jours limités. Vous ne pensez pas que ça puisse devenir d'une horreur, à égaler d'autres faits, ayant rempli des années...

—Et à les expier et les absoudre peut-être?

—Alors, docteur, dites votre histoire.

—Pourquoi mon histoire, madame? Je ne peux pas à moi seul raisonner sagacement, sans tirer ça d'une histoire?...

—Parce que, quand vous prenez ce ton-là, que vous gardez les yeux baissés et que vos mains restent immobiles, vous dites peut-être des choses que vous avez pensées tout seul; mais vous songez certainement à la personne connue qui vous les a fait trouver un jour...

Et comme le docteur souriait, amusé de la remarque, en regardant ses mains inactives, toutes les femmes présentes avaient insisté à la fois.

—Ça ne se rend pas, murmurait-il. Il faudrait, pour bien me comprendre, que vous tiriez de vos propres cœurs toute l'émotion et l'angoisse de la chose que je veux vous dire... Que je parle et que vous sentiez.

Jamais, assurément, milieu n'y était préparé davantage, et, s'en étant rendu compte d'un regard, sans protester davantage, il commença pensivement:

—C'était dans une grande ville de l'Est, un ménage de fonctionnaire.

L'homme très tenu; la femme exquise. La fille, presque jeune fille déjà, pensionnaire dans un couvent, où son éducation s'achevait.

Très gâtée, fort désœuvrée, séduisante, je l'ai dit, la femme avait une liaison. Et ceci, non point discrètement, prudemment, avec le mystère et les précautions que la peur de son mari ou la pensée de sa fille auraient pu lui conseiller. Follement, sans retenue, au su de la moitié de la ville qui le racontait à l'autre, avec le scandale et l'éclat de surprises, de rencontres, de portes qui se fermaient devant elle, en dépit de sa situation. Affolée de sa passion, au point de la risquer cent fois dans des équipées où elle s'exposait à perdre d'un seul coup: elle, son mari et son ami, avec l'audace, l'envolée, le front, la bravoure si l'on veut, d'une femme du XVIIIe siècle.

Épris, autant qu'homme puisse être, le mari ignorait tout, sincèrement, maintenu dans cet état miraculeux par l'affection qu'il inspirait et la nature de ses fonctions.

Il advint un jour, pourtant, que d'autres s'émurent pour lui, résolus à faire finir cette situation déplorable.

Et la ville apprit un matin que le substitut trop aimé s'en allait sans avancement, et que le préfet, désigné pour un nouveau poste dans le Midi, se réjouissait de se retrouver si voisin de sa propriété, qu'il pourrait presque l'habiter.

Un mois ne s'était pas écoulé que, repris effectivement au charme du chez soi, à la douceur du tête-à-tête, il envoyait sa démission, et qu'ils se revoyaient là, seuls, lui et sa femme, comme au lendemain de leur mariage.

Lui, plus mûr; aussi aimant, dans la plénitude mélancolique de ce tournant de la vie, où on tient intactes encore toutes les facultés du bonheur; mais en sentant que désormais chaque jour vous en enlèvera une grâce, une force ou une joie.

Elle, atterrée et farouche, demeurée sous le coup de cet écroulement subit; n'ayant pas achevé de pénétrer, s'il était fortuit ou médité.

Devant ces deux déplacements simultanés, elle n'avait pas pu douter de ce qui était visé chez elle et chez son ami. Mais quelle était la volonté qui avait agi ce jour-là?

Pas celle de son mari, certainement. Il eût fallu pour cela qu'il eût quelques soupçons, et un homme d'esprit troublé ne se montrerait pas auprès d'elle l'amoureux obstiné qu'il restait.

Le brusque envoi de sa démission réveilla ses doutes un instant.

Que signifiait ce parti extrême? Il savait? Il l'enfermait?

Puis, quand elle comprit le simple et tendre mobile qui le faisait agir de la sorte, estimant tout le reste si peu, à côté de son bonheur intime, qu'il n'y voulait plus rien sacrifier, maintenant qu'il avait rempli sa vie, suffisamment, lui semblait-il; oubliant toute inquiétude, toute modération surtout; une fureur insensée la souleva contre lui.

Quoi! d'un caprice, d'un trait de plume, il la rayait ainsi du nombre des gens qui vont, qui viennent, qui voyagent, qui s'amusent, qui se retrouvent.

Il lui faudrait à présent, pour le moindre déplacement, trouver un prétexte, une raison.

Il n'y avait plus à compter sur un de ces impersonnels décrets, signé par un lointain ministre, inspiré, cette fois encore, mais par une influence meilleure, qui rétablirait dans un temps ce que le premier avait défait.

C'était la séparation, sans limites, sans espoir, pour un avenir d'idylle bourgeoise, où la rage la saisissait à l'idée de jouer son rôle.

Comment osait-on ainsi disposer de sa vie à elle?

Sa colère l'égarait si loin, qu'elle oubliait sincèrement que sa vie «à elle» c'était ça: son mari, sa fille, ce château délicieux, où lui cherchait déjà joyeusement les embellissements à faire. Qu'on ne disposait de rien du tout en l'y laissant, apparemment heureuse et estimée. Qu'elle avait risqué bien plus grave.

Sans frein, sans patience, prête aux coups de tête les plus fous, elle préparait, dix fois dans le jour, un départ qu'elle eût exécuté sur-le-champ, sans balancer, n'était la volonté de son ami, maintenue en sagesse seulement par les lettres impérieuses qu'elle recevait de lui. Si exaspérée parfois, dans sa fureur impuissante, qu'elle courait jusqu'à son mari, mourant de désir de lui crier:

—Vous! Vous vous retirez ici pour vivre doucement avec moi!... Mais vous ne savez donc pas... Mais vous ne voyez donc rien!...

Enragée de lui faire du mal, de troubler sa joie quiète, dont elle jugeait la paix stupide. Méchante, acerbe, ironique.

On peut croire ce que furent les premières semaines de cette existence renouvelée que le pauvre mari avait cru bâtir avec des éléments de paradis!...

Il mit bien successivement l'humeur mauvaise de sa femme sur le compte du temps, du climat, de sa vie mondaine arrêtée, de tout ce que ses nerfs changeants avaient donné jadis à son caractère de mobilité, de grâce, de mélancolie et d'imprévu séduisant, quand elle était toute jeune femme. Puis il rappela sa fille, espérant dans une diversion.

Ils souffrirent deux au lieu d'un, la seule modification apportée par la mère, lors de la venue de la fillette, n'ayant été qu'un redoublement de ses besoins de solitude, devenus presque farouches.

Or, un soir qu'elle avait ainsi cherché très tard et très loin la paix dans les choses, ou peut-être simplement le droit de suivre en liberté sa mauvaise hantise, elle fut prise d'un malaise extrême.

Des vertiges, des frissons, une fièvre affreuse. Non plus cette fièvre morale, réelle, déjà cependant qui lui battait aux tempes depuis des semaines. La vraie fièvre, qui chemine seule, qui brûle, accable, anéantit; que nulle détente d'esprit ne saurait plus arrêter, qui ne se dissimule pas, surtout.

Elle l'essaya, bien vainement.

Une heure après son retour, elle était couchée dans son lit, son mari assis auprès d'elle, sa fille debout à son chevet.

Dans la nuit, de vives douleurs se déclarèrent au côté. Le lendemain, elle était fort mal. La congestion du second poumon paraissait presque inévitable, et le médecin gardait peu d'espoir, malgré la promptitude et l'énergie des remèdes appliqués.

—Mais elle était jeune, et si forte!

Il avait dit au mari toute la gravité de l'état, et puis cette pauvre phrase d'espoir, qu'on ajoute après, pour finir, tant par pitié que dans l'ignorance sincère de ce que la nature fera. Et le malheureux homme avait commencé cette cruelle faction de garde-malade, faite d'angoisses et de mensonges, de ruses, d'attente et d'épouvante. Ce guet terrible, la bonne humeur sur le visage et le désespoir dans le cœur, de tels symptômes redoutés, dont on vous a dit le danger, qu'on ose à peine surveiller pour ne pas troubler le malade, dont on s'informe en souriant, sans insister, alors que la réponse attendue est vie ou mort.

Adorablement, la fillette le soutenait, plus forte de son ignorance laissée, du jeune espoir de ses quinze ans, tendre, discrète, avec une compréhension instinctive de la minute où chaque chose plaisait à sa mère ou la lassait. Légère sur ses pieds menus, adroite à manier sur la table, sans rien heurter, la profusion de tasses et de fioles si vite accumulées près des malades. Humble et ardente, touchante aux larmes dans cette passion si peu explicable qu'ont certains enfants mal aimés près de leur mère, même mauvaise.

Pour la patiente personnellement, son état d'âme, moins aisé à définir, s'était modifié assez fréquemment depuis qu'elle s'était étendue là, pour l'avoir menée fort loin de l'humeur où elle s'y était mise.

Son esprit, resté très lucide, avait subi la maladie, d'abord avec la révolte qui marquait désormais presque chaque heure de sa vie.

Cette inertie physique qui la remettait, plus que jamais, aux mains de ceux qui l'entouraient, lui avait semblé insupportable, comme une brutalité humaine que quelqu'un aurait eue contre elle, et elle l'avait manifesté par un repliement taciturne que n'entamait nulle prévenance.

Après quoi, l'autre sentiment que produit parfois l'anéantissement du corps, lui était revenu ensuite.

Dans des crises morales intenses, être jeté violemment hors de la lutte et de l'action, même sans que rien soit terminé, semble quelquefois un bienfait.

Plus de décisions à prendre. Plus de coups nouveaux à attendre; rien qu'à souffrir passivement d'un mal que, cette fois, chacun, ému de pitié et d'intérêt, fait tout ce qu'il peut pour soulager.

Et elle s'était reposée, réellement, appréciant ce temps.

Puis, si bien qu'elle y fût faite, ces deux affections troublées qui veillaient près d'elle en tremblant, l'émouvaient parfois d'un remords.

Elle y parait avec un sourire, des grâces délicieuses et reconnaissantes, disparues depuis si longtemps; et rendues par sa faiblesse, si tristement alanguies, que son mari, le cœur brisé, redemandait au sort, en pleurant, les brusqueries de naguère.

Pas un instant elle ne douta de sa guérison d'abord.

Non qu'elle la souhaitât avidement. Il y avait eu déjà trop d'extrêmes atteints par elle, pour que l'idée du dernier de tous la bouleversât complètement. Mais elle n'y avait pas songé.

Il fallut le hasard cruel d'une porte mal fermée, derrière laquelle son mari et le docteur échangeaient hâtivement les mots sincères qu'on se dit, après la malade quittée, en même temps que tombe l'expression confiante des figures composées, pour qu'elle apprît tout en une seconde.

«La marche se ralentit... Elle peut durer cinq ou six jours... Je n'ai plus rien à essayer; mais elle finira sans souffrances. Nous l'endormirons de piqûres.»

Les pas et les voix éloignés, sa fille revenue en même temps, de la chambre voisine, où elle demeurait, le cœur battant, pendant la durée des visites, la pauvre femme s'était mise à réfléchir.

Le visage tourné vers le mur, feignant un sommeil bien absent, elle repassait les mots surpris.

C'était net et précis comme la sentence d'un tribunal, et sans même qu'on lui laissât, comme on fait pour les condamnés ordinaires, le leurre d'une grâce possible.

Elle aurait pu, de sa jeunesse, des miracles de la nature, tirer un espoir analogue. Mais aux mots irrévocables, entrés dans son esprit, il répondait, dans son être physique, une telle fatigue, de si vives douleurs; une sorte d'abandon surtout, de désagrément matériel, commencé déjà, lui semblait-il, par la défaillance de sa volonté, que l'accord entre ces symptômes et les paroles de mort, lui parut irrécusable.

«Cinq jours, avait dit cet homme, six peut-être»; et tout ce qui était réel ou imaginable finirait pour elle. L'inconnu commencerait.

Chez cette créature troublée, ce qui dominait, je l'ai dit, n'était pas cette naturelle horreur de la mort, pas même le regret de ne plus vivre, si l'on peut distinguer ces deux angoisses. Plutôt l'étouffement et l'épouvante de toutes ces choses contraires à sa volonté, qui la meurtrissaient depuis quelque temps, et allaient l'étreindre définitivement.

Avec une âpre douleur, sa pensée fuyait vers l'ami absent. Elle mourrait donc sans le revoir. Elle ne le verrait «plus» surtout—plus jamais—dans la réalité de ce mot implacable.

Elle songeait aux joies disparues. A ces dernières semaines aussi, à ce qu'elle y avait subi. Et l'excès même de sa passion, restant sincère jusqu'au bout, la séparation totale, irrémédiable, lui semblait préférable à l'autre, ne voyant, dans la fin de tout, que son apaisement à elle, sans y rien considérer d'autre.

Un léger mouvement de son lit lui fit entr'ouvrir les paupières, sans modifier son attitude.

C'était la main de sa fille, qui avait touché le pied du lit, si doucement qu'elle s'y fût prise en écartant les rideaux.

Ses grands yeux, baignés de tendresse, fixaient la malade tristement avec une expression mélangée de l'effroi de l'enfant et de la compréhension de la jeune fille.

Puis, en face de ce grand repos, qu'elle se figurait réel, une détente modifia ses traits, illuminant sa jeune figure comme un éclair de soleil, et, appelant son père d'un signe, un doigt en travers de ses lèvres, elle releva encore le rideau.

Mal remis de cet instant d'abandon, où il se donnait le droit d'être vrai, pendant qu'il reconduisait le docteur; lui, refusait, montrant ses traits bouleversés. Mais l'insistance de l'enfant, la confiance de son sourire, ce qu'elle semblait lui promettre, finirent par l'attirer. Il obéit à son geste, et, un genou sur une chaise basse, se mit à regarder avec elle, la tête contre son épaule.

Tout autres que ceux de sa fille: chauds d'amour et de souvenirs, les yeux de l'homme enveloppaient le corps étendu devant lui; rêvant follement que tout fut un songe: le mal, le danger; se rappelant d'autres sommeils, suivis par lui ainsi, songeant à ce que de prochains pourraient être encore... Jusqu'à ce que la réalité présente lui traversa le cœur d'une douleur, tirant sa figure de nouveau, dans son expression de désespoir, et le fit se lever pour s'éloigner.

Mais l'enfant, qui le surveillait, resserrait son bras sous le sien, lui murmurait des mots confiants, le leurrait du calme menteur de la douce respiration, si égale sous le drap, de ces mains paisibles, étendues; et obtenait qu'il restât.

Il écoutait, vite convaincu; retombait sur sa chaise, et ses yeux reprenaient leur direction, leur ardeur, leurs pensées.

Si accoutumée qu'elle fût à pareille atmosphère d'amour, sous le double regard de ces êtres, la malade s'énervait.

Toute une face de sa vie, non envisagée depuis des années, se rouvrait devant elle.

Qu'était-elle donc pour eux—qu'avait-elle été surtout,—pour qu'ils la pleurassent ainsi? Que perdraient-ils en la perdant?

Rien, en réalité. Quelque chose seulement, par prestige; par ce qu'ils la faisaient dans leur cœur.

Et une joie singulière l'envahissait en pensant qu'elle resterait toujours pour eux, désormais, telle qu'elle était là sur ce lit: jeune, séduisante, adorée, avec cette idéalisation mélancolique des créatures tôt disparue, et ce charme indéfinissable qui tirait les cœurs à elle. Que jamais les yeux de sa fille ne modifieraient, en pensant à elle, ce limpide regard aimant qui l'enveloppait en ce moment.

Dans ces prunelles bleues, elle cherchait la femme prochaine. Elle variait leur expression, de tout ce que la suite de la vie y devait mettre peu à peu, jusqu'à la connaissance de tout. De l'amour, des tentations, de leur fléchissement peut-être, de leur jugement, à coup sûr.

Et un tressaillement victorieux exaltait ses pensées de mort, en songeant à certaines heures que l'avenir aurait pu lui réserver.

C'était fini maintenant; elle en était gardée pour toujours.

Si tant de hasards dangereux et son effroyable insouciance avaient laissé jusque-là son mari dans l'ignorance, qui viendrait l'éclairer à présent? Qui dirait jamais à sa fille quelle mère elle pleurait?

Surexcitée par cette œuvre nouvelle, se créer en un instant la femme qu'elle voulait rester, elle ouvrait les yeux pour sourire, quand une pensée subite lui mit une sueur d'angoisse aux tempes.

Toutes les lettres de son ami, jamais détruites, et quelques-unes écrites par elle, et redemandées par caprice, étaient là, dans son bureau, rangées tendrement par paquets, dans un tiroir, à peine fermé, où elle entassait ses trésors.

La moindre d'elles la perdrait, et il y en avait des liasses; et la première fois que son mari, avide de souvenirs et de reliques, viendrait plus tard s'asseoir là devant, cherchant passionnément sa trace, c'était ça qu'il trouverait. De sorte que, sans méchanceté, sans indiscrétion de personne, il apprendrait tout, d'un seul coup, perdant dix ans de bonheur passés, et elle, pour la seconde fois.

Toujours, elle avait remis à quelque jour de grand courage la totale destruction que la prudence exigeait. Jamais elle n'avait trouvé ce jour.

Il y a dans les plis, l'odeur, les caractères d'une lettre, quelque chose de si sensible, de si réel, que c'est douloureux à sacrifier, comme un peu de l'être aimé.

Surtout, elle se sentait un tel temps pour pourvoir à cette besogne! Des semaines et des semaines devant elle!...

Quelle prévoyance humaine, tenant à la lettre le conseil de l'Écriture: «Le matin, pensez que vous n'atteindrez pas le soir. Le soir, n'osez pas vous promettre de voir le matin», est prête, sinon d'âme, au moins de dispositions et de prudence matérielles, à ne pas rentrer chez elle un jour, et à n'y laisser ni danger, ni héritage douloureux pour ceux qui restent? Et que de peines cependant épargnées par ce soin!

Machinalement, sans pouvoir s'en empêcher, elle cherchait à faire le total des lettres enfermées là-bas, commençant par la pile de gauche, dont elle avait toute la substance.

Ensuite, c'étaient ses lettres à elle, dont elle avait moins la mémoire, qu'elle ne réussissait pas à estimer précisément, et qui l'arrêtaient toujours.

Au milieu de son épouvante, elle s'obstinait à cette tâche puérile, comme si le nombre plus ou moins grand de ces billets révélateurs, pût augmenter ou atténuer le mal qu'ils devaient causer; cherchant; cherchant. Jusqu'à ce que sa tête vague lui refusât tout service, ne fût plus qu'une voûte vide, obscure, sonore; où ses idées tourbillonnaient, avec le vol incertain et peureux d'oiseaux de nuit, tournant en cercles.

Dire qu'il lui aurait suffi d'une heure de sa vie ancienne pour que rien de cette charge terrible n'existât plus aujourd'hui. Qu'il ne lui faudrait, maintenant encore, qu'un instant de solitude assurée; un peu de forces, que sa volonté trouverait quand il faudrait; pour que le feu clair, entretenu nuit et jour dans sa chambre, prît son secret.

Avec un sentiment tout autre, elle se répétait de nouveau les mots surpris fortuitement: «Elle peut durer cinq ou six jours...» De cette échéance si courte, elle prenait le terme le plus proche, et songeait qu'en ces brèves journées, il fallait que la chose fût faite.

Et si cet homme s'était trompé? Si le même soir ou le lendemain, elle disparaissait soudainement?

Son front se serrait à cette idée; son cœur battait, à l'étouffer; un cri lui venait dans la gorge, qu'elle n'arrêtait pas tout entier, qui finissait en gémissement; pendant qu'un grand frisson la secouait, de ses talons jusqu'à sa nuque, ranimant l'inquiétude dans les yeux qui l'observaient, en dépit de l'immobilité qu'elle affectait de conserver.

Dès lors, commença pour elle le plus terrible des supplices, sans trêve d'une minute, sans que rien la fît se relâcher de sa surveillance attentive, elle guettait le moment propice.

Elle luttait contre le sommeil, en le feignant presque constamment; contre la soif, contre ses malaises; contre les vifs désirs de ces mille petites choses, que les malades, incessamment, réclament et veulent essayer.

Il lui semblait qu'à force de rester, sans parler et sans remuer, on finirait par l'oublier. Qu'en se voyant auprès d'elle si peu occupé; devenu vraiment inutile, son mari, après sa fille, céderait à sa grande fatigue, et s'en irait dormir un instant, comme elle, la malade, le faisait obstinément.

Mais, dans son fauteuil, tout proche, il ne fermait pas même les yeux, et l'immobilité qu'elle s'imposait, ne servait qu'à la briser de courbatures et de douleurs.

Ce moyen tenté sans succès, elle essaya de toutes les ruses que peut un esprit féminin, harcelé par la terreur. Patiente et ingénieuse comme un prisonnier dans sa cellule, qui sonde chaque pierre, reconnaît chaque issue; même celles manifestement impraticables, pour ne rien laisser au hasard.

Puis un caprice furieux, éclatant comme ceux de jadis, exila de sa chambre son mari, sa fille, dont les mouvements, la respiration, les regards, l'épuisaient, prétendait-elle.

Elle y gagna que, retirés dans la chambre voisine, et séparés par une portière, ils suivirent, avec une anxiété décuplée par la distance, chacun de ses mouvements; paraissant sur le seuil au moindre bruit.

Découragée, elle les laissa reprendre leur place, sans rien dire, épeurée parfois de sa solitude; mieux défendue, lui semblait-il, de la terrible visiteuse qu'elle attendait, quand ils la gardaient tous les deux.

Ses heures affreuses étaient les heures de la nuit.

L'enfant partie, après avoir pris son baiser du soir sur le bout des doigts de sa mère, ou le bord de sa couverture; la femme de chambre étendue, sur un lit dans la pièce voisine, elle restait avec son mari, et un tête-à-tête commençait, qui redoublait, s'il était possible, l'horreur de ses angoisses. Soit qu'il essayât de courtes et ardentes tendresses, soit qu'il restât immobile, à la regarder sans rien dire.

Il semblait à la pauvre femme que son front usé, par la maladie et la peur, laissait fuir son secret; qu'elle le voyait glisser; ou que s'il ne sortait pas par là, elle allait le crier, malgré elle, avouant tout, sans savoir pourquoi, et provoquant la scène terrible, qu'elle se représentait sans relâche, et qui allait éclater tout de suite, sans attendre qu'elle fût morte—son mari ouvrant le tiroir.

Même, une fois, l'abominable obsession prit une réalité si forte, qu'elle se leva droite dans son lit, prête à courir jusqu'au meuble pour y arriver avant lui, et mit son pied sur le tapis.

Debout en même temps, son mari la recoucha plein de terreur, la croyant prise de délire, et elle se laissa faire avec docilité, heureuse de l'intervention matérielle, qui la délivrait de son cauchemar.

Puis le tête-à-tête recommença, douloureux, formidable, chacun cachant à l'autre la pensée qui le meurtrissait, appelant le jour de ses vœux pour clore ces nuits d'épouvante d'où la malade sortait brisée et blême, les cheveux mouillés, les mains tremblantes.

A lui, comme à elle, il semblait, sans qu'il sût pourquoi, que le premier rayon de jour atteint, leur assurait ce jour tout entier; et ils soupiraient de délivrance à la première roseur de l'aurore.

Au quatrième de ces jours, pourtant, l'agitation de la pauvre femme redoubla, devint horrible.

Si le médecin avait bien prédit, il lui restait alors tout juste douze heures pour accomplir sa besogne.

Comment trouverait-elle, pendant leur courte durée, l'occasion mille fois provoquée depuis qu'avait commencé cette double et tragique agonie?

Tenir sa vie dans ses mains! La pouvoir refaire d'un coup, puisqu'il suffisait ici qu'on «sût» ou qu'on ne «sût» pas, pour qu'elle fût et restât toujours innocente ou coupable.

Alternative terrible, dont la solution, à mesure que le terme se rapprochait, l'étreignait d'une frayeur grandissante qu'elle ne pouvait plus cacher.

Hanté de sa pensée unique, son mari interprétait cette émotion croissante comme l'horreur de la lutte finale qu'elle devinait instinctivement, et son cœur saignait de pitié en face de cette révolte si bien compréhensible à ses regrets, sans qu'il osât risquer pourtant un mot d'abandon ou de franchise par crainte de s'être abusé et de lui révéler trop de choses en s'attendrissant avec elle.

Quand vint midi de ce jour-là, la fièvre, qu'il ne semblait plus possible de voir augmenter, monta.

Le corps entier de la malade brûlait la main en le touchant.

Ses lèvres, incessamment mouillées, se séchaient dès que s'écartait le mouchoir trempé d'eau avec quoi on les humectait.

Sans voix. Peut-être sans pensée, tout l'affolement de son pauvre être s'était réfugié dans l'observation d'une horloge dont le mouvement uniforme la tenait hypnotisée.

Haletante de peur à chaque sonnerie, à chaque glissement de l'aiguille, elle sentait les battements réguliers frapper un à un sur sa chair, comme si la tige d'acier y fût entrée réellement à chacun de ses va-et-vient, par une piqûre aiguë.

L'influence douloureuse de ce bruit répété était si manifeste sur elle qu'on tenta de l'arrêter, espérant la délivrer de cette fièvre communicative. Mais elle réclama son supplice, la voix brève et l'œil impérieux, tremblant d'impatience jusqu'à ce que le battement monotone recommença de lui hacher la vie et le cœur par secondes.

La nuit qui suivit fut meilleure.

Fataliste dans l'acceptation du délai qu'on lui avait marqué, la malade se disait que ce jour cruel passé, lui assurait un lendemain, et elle voulait rassembler ses forces pour une suprême tentative qu'elle avait résolu de faire.

Dès le matin à son réveil, elle se montra souriante, et par un effort terrible, sans agitation ni souci.

Pour la première fois, depuis la conversation surprise, elle parla de sa guérison; s'inquiéta tendrement de la pâleur de son mari, des joues maigries de sa fille; gronda l'un de ne pas soigner l'autre, chacun d'eux de son entêtement à rester là enfermé, sans respirer l'air du dehors, et, tout courant, dans son discours un peu coupé, dit qu'elle voulait manger et boire, que cela la remettrait, et qu'il fallait lui aller chercher d'un petit vin du pays, célèbre par sa couleur, la chaleur qu'il mettait aux membres, dont elle avait bu autrefois dans une auberge qu'elle désignait, et dont elle désirait goûter.

Surpris, frémissant d'espoir, radieux d'un désir exprimé, son mari se leva sur-le-champ pour aller donner des ordres, mais elle l'arrêta d'un mot.

Ce n'était pas ça qu'elle voulait. Elle entendait que tout le monde fût guéri en même temps qu'elle, les joues maigries et les yeux battus, et exigeait que son mari, accompagné de sa fille, s'en allât chercher lui-même la chose qu'elle désirait.

A tous les refus qu'il opposait, elle insistait plaisamment, commandant à sa voix pour parler avec naturel, alors qu'elle brûlait d'attente.

«La course n'était pas d'un quart d'heure, avec des chevaux un peu vites. Ils n'avaient qu'à prendre les bais.

«Dans trente minutes, exactement, lui et l'enfant seraient de retour.

«Elle, rose et fouettée par le vent; lui, calmé d'un peu de grand air.»

Puis, comme il résistait encore, elle l'a fait appelé à elle, renvoyant sa fille d'un geste, et la voix et les yeux noyés, elle s'était mise à lui rappeler ce jour de leurs premiers temps de mariage, où, à souper, dans cette auberge, ils avaient bu de ce vin, qu'elle souhaitait ravoir aujourd'hui; mais qu'elle ne voulait que de sa main, pour que l'évocation fût complète.

Les mots lui coûtaient tant à former, que pour être sûre de les prononcer, sans qu'un coup de dents claquant les coupât en deux d'une morsure, elle les préparait à l'avance; les prononçant lentement, enfonçant ses ongles dans sa main, pour passer le mouvement nerveux, qu'elle sentait venir au milieu.

La comédie lui répugnait.

Ces termes d'amour, qu'elle retrouvait péniblement dans sa tête épuisée, la bouleversaient de souvenirs, de regrets, d'horreur, et elle sentait qu'encore un peu, sa volonté défaillirait pendant qu'elle prolongeait son sourire pour remplacer les mots qui manquaient à sa mémoire vidée.

Enfin l'homme se décida.

Il l'étreignit d'une vive caresse, et cédant à la satisfaction complète de sa soudaine fantaisie, il sortit en appelant sa fille.

Pendant le quart d'heure nécessaire pour atteler et s'apprêter, elle était restée sans parler, défendant à son cœur de battre; se fortifiant d'un calme profond, qu'elle buvait comme un cordial.

Le roulement de la voiture, sur le sable de l'allée, la secoua comme le choc d'une machine électrique.

Elle rouvrit ses yeux, qui tant de fois depuis ces six jours avaient erré désespérément autour d'elle, et, avec une âpre ardeur, elle regarda la chambre vide, le feu flambant; et là-bas, le meuble terrible, dont les lignes droites et sobres avaient revêtu pour elle, tant de formes menaçantes, hideuses, fantastiques. Elle fixa la pendule aussi, cette ennemie, cette mangeuse, qui luttait de vitesse avec elle, et lui avait fait depuis une semaine courir une si cruelle course. Puis renvoyant, sans qu'elle pût répliquer, la femme assise près de la croisée, elle l'écouta fermer la porte.

On n'entendait de bruit nulle part, et le froissement de son lit, pendant qu'elle glissait à terre, la fit frissonner d'épouvante.

Sur le tapis ses pieds nus traînaient comme des pas de fantôme.

Maintenant qu'elle était debout, de grandes vagues de sang lui bruissaient dans les oreilles, comme si elle s'enfonçait sous l'eau, et sa marche tremblante la menait d'une façon si incertaine, qu'elle se reconnut près de la fenêtre, quand, après des peines éperdues, elle eut traversé toute la chambre.

Appuyée contre les rideaux, elle reprit haleine un moment, et crut voir, en recommençant sa course, que sa chambre changeait de forme, devenait ronde et tournoyait.

Elle se raisonna là-dessus, s'expliquant son trouble à elle-même, et dans un effort surhumain franchit la distance finale.

Cette fois, elle était bien venue, et se trouva contre le bureau, au moment où sa main tremblante chercha un point où prendre appui.

Quand ses doigts, en s'abattant, reconnurent le bois familier, sa tête se dégagea soudain, et une joie violente et triomphante, faite de ce qu'il y avait de meilleur en elle, l'envahit, et la galvanisant toute, lui rendit ses forces complètes.

La clef, tournée de deux tours, comme elle l'avait laissée, était dure pour elle.

Elle se reprit à plusieurs fois, avant d'arriver à l'ouvrir, puis la sentit céder enfin.

Les paquets noués de leurs rubans apparurent à ses yeux.

La vision de sa fille lui revint; des prunelles bleues, si candides. Elle était sauvée, cette fois, de leur blâme et de leur douleur!

Mais de nouveaux bouillonnements lui troublèrent les yeux et le front. Puis elle eut une douleur au cœur, si atroce, qu'elle comprit ce qu'elle devait signifier, et ramassant sa volonté comme un lutteur qui se sent vaincu, elle tira le tiroir à elle.

Il vint à la secousse, tout entier, et comme elle chancelait en même temps, il acheva de lui faire perdre pied, et tomba sur elle, entièrement, éparpillant tout son contenu sur sa grande robe de nuit, sans que ses mains tenaces eussent lâché le bord qu'elles tenaient.

La congestion, foudroyante, ne lui laissa pas cinq minutes, d'agonie et d'étouffements.

Elle ne se déplaça même pas; et ce fut ainsi, où elle était, que son mari et sa fille la trouvèrent tous deux, en rentrant, sa courte lutte terminée.

—Et sa fille? questionna une femme dans le silence qui persistait, une fois que le conteur se fut tu.

—Elle est rentrée dans son couvent, pour achever son éducation. Elle a voulu y rester; elle y est toujours, je crois.

FIN